한 글자 사전

한 글자 사전

김소연

마음산책

김소연

시인. 아무도 내게 시를 써보라고 권하지 않았기 때문에 시를 쓰는 사람이 되었다. 시집 읽는 걸 지독하게 좋아하다가, 순도 100퍼센트 내 마음에 드는 시는 직접 써보고 싶다는 생각을 했다. 혼자가 아닌 곳에서 혼자가 되기 위하여, 어디론가 외출하고 어디론가 떠난다. 그곳에서, 좋은 시를 쓰고 싶다는 열망보다 내 마음에 드는 시를 꼭 쓰고 싶다는 소망을 꺼내놓는다. 소망을 자주 만나기 위해서 내겐 심심한 시간이 많이 필요하다. 노력하는 것을 싫어하지만, 심심하기 위해서라면 최선의 노력을 기울여왔다. 심심함이 윤기 나는 고독이 되어갈 때 나는 씩씩해진다. 조금 더 심심해지고 조금 더 씩씩해지기 위하여, 오직 그렇게 되기 위하여 살아가고 있다. 시집 『극에 달하다』 『빛들의 피곤이 밤을 끌어당긴다』 『눈물이라는 뼈』 『수학자의 아침』 『i에게』 『촉진하는 밤』과 산문집 『마음사전』 『시옷의 세계』 『나를 뺀 세상의 전부』 『사랑에는 사랑이 없다』 『그 좋았던 시간에』 『어금니 깨물기』를 냈다.

한 글자 사전

1판 1쇄 발행 2018년 1월 30일
1판 17쇄 발행 2024년 5월 15일

지은이 | 김소연
펴낸이 | 정은숙
펴낸곳 | 마음산책

등록 | 2000년 7월 28일(제2000-000237호)
주소 | (우 04043) 서울시 마포구 잔다리로3안길 20
전화 | 대표 362-1452 편집 362-1451   팩스 | 362-1455
홈페이지 | www.maumsan.com
블로그 | blog.naver.com/maumsanchaek
트위터 | twitter.com/maumsanchaek
페이스북 | facebook.com/maumsan
인스타그램 | instagram.com/maumsanchaek
전자우편 | maum@maumsan.com

ISBN 978-89-6090-362-3 03810

* 책값은 뒤표지에 있습니다.

이미 아름다웠던 것은
더 이상 아름다움이 될 수 없고,
아름다움이 될 수 없는 것이
기어이 아름다움이 되게 하는 일.

　2008년 1월 20일, 첫 산문집 『마음사전』을 출간했다. 10년이 흘렀다. 10년 전에 『마음사전』을 처음 읽어준 이들도 열 살씩 나이가 더 들었을 것이다. 10년 전 그들과 만나보고 싶었다.

　만나보려면 어떻게 해야 할까. 만날 만한 빌미를 만들어야겠지. 내가 건넬 수 있는 빌미는 오직 하나밖에 없다. 『마음사전』을 읽어준 이에게, 10년 세월의 연륜을 얹어 안부를 보내는 것. 『한 글자 사전』을 오직 이런 마음으로 완성했다. 또다시 한국어대사전을 내내 책상 옆에 두고 지냈다. 사전은, 말이 언제나 무섭고 말을 다루는 것이 가장 조심스러운, 그것이 삶 자체가 된 나에겐, 곁에 두어야만 하는 경전이다.

　이 『한 글자 사전』이 『마음사전』의 열 살 터울 자매가 되어주면 좋겠다. 자매 둘이서 무릎을 모으고 앉아 대화하는 장면을 상상해본다. 방바닥은 이제 막 따뜻해지기 시작했고 담요 한 장을 나누어 덮고 있다. 언니가 귤 하나를 까서 동생에게 내민다. 작은 방 안엔 두 자매가 내뱉은 한숨과 웃음과 고백들이 연기처럼 가득 차 있다. 귤 향기와 함께. 둘은 어느 때보다 솔직하다. 속 얘기를 하염없이 꺼내놓는다. 때론 깔깔대며. 때론 어깨를 서로 다독여주며.

『마음사전』이 10년 동안 누군가에게 이 장면에 가까운 자매애를 선물해왔기를 감히 기대했다. 내가 먼저 이야기를 시작하지만 실은 당신이 이야기를 하고 싶게 하는 작용이 되기를. 둘 사이에 이야기가 쌓여가기를. 속 깊은 자매애에 소용되기를.『마음사전』을 쓸 때도 그랬지만, 부디『한 글자 사전』도 읽는 이가 자신만의 사전을 만들고 싶다는 생각에 다다를 수 있기를.

계간 〈문예중앙〉에 2014년부터 2015년까지 연재한 원고들이 이『한 글자 사전』의 초고였음을 밝혀둔다. '한 글자 사전'은 오은 시인의 아이디어에서 출발했고, 담당 편집자였던 박성근 씨의 도움을 많이 받고 집필되었다. 두 분께 감사의 안부를 적어둔다.

2018년 1월

김소연

차 례

그 안에 무엇이 들어 있는지
쪼개어 알아내는 것이 아니라
심고 물을 주어 알아내는 것.

개가 되고 싶어

ㄱ
ㄴ
ㄷ
ㄹ
ㅁ
ㅂ
ㅅ
ㅇ
ㅈ
ㅊ
ㅋ
ㅌ
ㅍ
ㅎ

감

어른이 되었는지 아닌지를 감별할 수 있는 가장 확실한 방법 가운데 하나. 여러 과일들이 함께 눈앞에 있을 적에, 하필 감부터 먹겠다고 손을 뻗는다면 당신은 어른이다. 예전에는 그러지 않았는데 어느 때부턴가 그래왔다면 더더욱.

갑

'그게 갑이지!'라는 말은 자주 사용되지만 '그게 을이지!'라
는 말은 사용되지 않는다.

갓

변해가는 것들에만 이 수식어를 붙일 수 있다. 이제 시작되었다는 뜻과 아주 잠깐의 과정일 뿐임을 나타내는 말로서 기대감을 잔뜩 품을 때 사용된다. 이 기대감이 긍정적일 때는 애틋함과 설렘을 나타내는 쪽으로 작용된다. 갓 태어난 아기, 갓 피어난 꽃, 갓 구워진 빵, 갓 시작된 사랑……. 이 기대감이 부정적일 때는 두려움과 막막함을 나타내는 쪽으로 작용된다. 갓 시작된 불행처럼. 갓 이별한 사람이라는 표현은 지금은 엄청나게 괴롭겠지만 서서히 정신을 차리고 회복하게 될 것까지 내포한다.

강

지금이라고 말해줄게, 강물이 흐르고 있다고, 깊지는 않다고, 작은 배에 작은 노가 있다고, 강을 건널 준비가 다 됐다고 말해줄게,

등을 구부려 머리를 감고, 등을 세우고 머리를 빗고, 햇볕에 물기를 말리며 바위에 앉아 있다고 말해줄게, 오리온자리가 머리 위에 빛나던 밤과 소박한 구름이 해를 가리던 낮에, 지구 건너편 어떤 나라에서 네가 존경하던 큰사람이 죽었다는 소식을 나도 들었다고 말해줄게,

돌멩이는 동그랗고 풀들은 얌전하다고 말해줄게, 나는 밥을 끊고 담배를 끊고 시간을 끊어버렸다고 말해줄게, 일몰이 몰려오고, 알 수 없는 옛날 노래가 흘러오고, 발가벗은 아이들이 발가벗고, 헤엄치는 물고기가 헤엄치는 강가,

뿌리를 강물에 담근 교살무화과나무가 뿌리를 강물에 담그고, 퍼덕이는 커다란 물고기가 할아버지의 낚시 항아리에서 쉴 새 없이 퍼덕이고, 이 커다란 물고기를 굽기 위

해 조금 후엔 장작을 피울 거라고,

구불구불한 강을 따라 구불구불한 길이 나 있는 이곳에서, 구불구불한 길에 사는 구불구불한 사람들과 하루 종일 산책을 했다고 말해줄게, 큰 나무 그늘 아래 작은 나무, 가느다란 나무다리 아래 가느다란 나무 교각들이 간신히 쉬고 있다고,

멀리서 한 사람이 반찬을 담은 쟁반을 들고 살금살금 걸어오고 있다고 말해줄게, 물고기는 바삭바삭하다고, 근사한 냄새가 난다고, 풍겨 온다고, 출렁인다고, 통증처럼 배가 고프다고, 준비가 다 됐다고, 지금이라고, 말해줄게

김소연, 「강과 나」 전문

개

개가 되고 싶어

"개 구경 참 실컷 했네."

여행 끝자락에 공원 벤치에 앉아 샌드위치를 먹다 말고 나는 혼잣말을 했다. 두 달간의 여행 동안, 지도를 들고 헤매며 찾아가 입장료를 지불하고 목격한 경이로운 문화유산도 많았고, 만났던 다정한 사람들도 많았지만, 나를 가장 기분 좋게 한 것은 길에서 마주친 개들을 실컷 구경한 일이었다. 주인과 함께 여행을 떠나온 개, 주인과 함께 저녁 산책을 하는 개, 주인과 함께 장을 보러 가는 개, 주인과 함께 길가에 나앉아 주인 곁에서 낮잠을 자는 개. 몸집이 사자처럼 커다란 개도 있었고 장난감처럼 자그마한 개도 있었고 나를 향해 컹컹 짖어대던 개도 있었고 나에게 달려와 샌들 속 발가락을 핥아주던 개도 있었다.

내가 사는 골목에선 그렇게까지 자주 별의별 개를 만날 수 없었지만 이번 여행지에서는 그야말로 개를 실컷 만났고, 개를 쳐다보며 반가워한 덕분에 주로 개 주인들과 인사말이라도 건네며 안면을 트기도 했다. 개는 주인과 번번이 닮아 있었다. 퍼그를 데리고 있는 주인은 퍼그의 표정을 짓고 있었고, 늠름한 골든리트리버를 데리고 다니는 주인은 늠름한 자세를 가졌다. 개는 그들에게 말 그대로 반려자였다.

여행지에서 개를 볼 때마다 잠깐씩 생각했다. 개가 되고 싶다고. 어떤 기척을 느끼거나 주인과 눈을 마주칠 때마다 귀를 쫑긋거리는 그 귀를 가졌으면 해서. 사람의 귀도 그와 같아서 별생각 없이 그저 좋아서 뛸 때마다 한껏 귀가 팔랑거렸으면 좋겠다고. 귀를 얌전히 덮고 가만히 웅크려 있음으로써 '저는 지금 아주 온순한 상태입니다'라는 메시지를 전달할 수 있으면 좋겠다고. 반가우면 딸랑딸랑대는 꼬리와 꼬리의 시작점에 달린 깔끔한 똥구멍을 자랑하는 엉덩이를 가지고 싶다고.

객

손님을 뜻하는 말이지만 객기, 객소리로 활용될 때야 비로소 숨겨진 뜻이 들통난다. 쓸모없는 군더더기라는 뜻을 숨기고 있다는 것을. 그래서 그 뜻을 더더욱 꽁꽁 숨기려고 높다는 뜻을 굳이 담아서 고객, 귀하다는 뜻을 굳이 담아서 귀빈이라는 말이 따로 존재하는 것이다.

갱

옛날에는 탄광촌에 있었지만 지금은 도처에 있다. 정주하지
못한 채로 떠도는 숱한 삶 속에.

개

저편에 있는 인물을 가리키는 인칭대명사가 맞지만 실제로
는 누군가에 대한 뒷담화를 할 때 즐겨 쓰인다. 특히 상사에
대한 뒷담화에, 선생에 대한 뒷담화에.

검

제출된 자료를 일일이 살펴볼 겨를이 없을 때 이 글자를 쓰고 동그라미로 둘러싼 사인을 하거나 직인을 찍는다. 내용은 중요하지 않으므로 살펴볼 필요가 없고 이런 일은 건성으로 하고 건성으로 끝내면 된다는 공표 같은 것.

겁

'나는 겁이 많아'라는 표현과 '저 사람은 겁이 없어'라는 말
이 가장 많이 쓰인다. 많거나 없는 두 갈래 외에, '나는 겁이
적당한 편이야' 같은 말도 두루 사용되면 좋겠다.

겉

'속'의 반대말이므로 다 보이는 세계에 관한 것. '속상'하다는 말은 있어도 '겉상'하다는 말은 없다. 말하지 않으면 몰라보기 때문이다. 하지만 우리의 상심이 '겉상'할 뿐인 경우도 있다. 속까지 상하지는 않은 적도 사실은 많다. '겉상했을 뿐이야'라는 표현도 두루 사용되면 좋겠다. 겉치레, 겉멋처럼 부정적인 뜻으로만 활용되는 '겉'의 세계의 연장선에서.

격

어떤 사람을 좋아하는지를 누군가 내게 묻는다면, 격 있는 사람이라고 대답하고 싶다. 모든 걸 가진 자에게서보다 거의 가진 게 없는 자에게서 더 잘 목격할 수 있는 가치이고, 모든 걸 가진 자가 이미 가지고 있다고 착각하는 유일한 가치이고, 거의 가진 게 없는 자가 유일하게 잃기 싫은 마지막 가치이기 때문이다.

결

우리의 손이 닿거나 우리의 몸을 감싸거나 우리가 보고 듣고 만지고 느끼는 모든 것의 감촉이다. 부드러운 결은 안식을 주고 세월의 결은 경외감을 유발하며, 섬세한 결은 우리의 감각을 깨우고 복잡한 결은 우리의 시선을 다르게 만들어준다.

겹

우리가 보는 것과 생각하는 것이 전부가 아니라는 것을 제대로 깨치기 위해서라면 관찰하거나 사유할 때 꼭 필요한 가치 기준이다. 좋은 문학은 늘 이것을 낯설게 증명하는 것에 몰두한다.

곁

'옆'보다는 조금 더 가까운. '나'와 '옆', 그 사이의 영역. 그러므로 나 자신은 결코 차지할 수 없는 장소이자, 나 이외의 사람만이 차지할 수 있는 장소. 동료와 나는 서로 옆을 내어주는 것에 가깝고, 친구와 나는 곁을 내어준다에 가깝다. 저 사람의 친구인지 아닌지를 가늠해보는 데 옆과 곁에 관한 거리감을 느껴보면 얼마간 보탬이 된다.

곡

세상 모든 곡은 생명 있는 것들의 호흡과 맥박과 심장박동을 재해석하려 했던 것은 아닐까. 가장 위험한 순간에서부터 가장 안락한 순간까지를. 그래서 음악을 듣는 일은 다른 숨을 쉬게 되는 경험이 아닐까.

골

'화'가 마음에서 불처럼 일어나는 노여움의 상태를 뜻한다면
'성'은 그 상태를 적극적으로 표현하는 것을 뜻하고 '골'은
화의 근거가 모호하고 미흡함에도 불구하고 노여워지는 상
태이므로 겉으로 확연히 드러낼 수가 없다. 근거의 불충분함
때문에 심술에 가까울 때가 많다.

곰

봄날, 겨울잠을 자던 곰은 기지개를 켜고 깨어나는데 사람은
정작 어기적어기적 곰처럼 나른해진다.

곳

여행지에서 우리는 아찔한 아름다움만을 찾아서 지도를 손에 들고 터벅터벅 걷는다. 쨍한 하늘이면 하늘, 보송한 구름이면 구름, 박물관이거나 미술관이 아니어도 모든 것에서 아찔한 아름다움을 찾아내고 목격할 자세가 여행자의 뒷모습엔 이미 새겨져 있다. 그 현기증은 몸소 그 장소에 찾아간 고생 끝에 오는 쾌락이다. 그 장소에 서서 겪는 실감은 바람이 살을 훑는 촉감과 골목의 빵집에서 풍겨오는 냄새와 사람들의 왁자지껄한 소음과 그 모든 감각들에 골고루 스미는 햇빛의 입자가 결합된 것이다.

공

선사시대부터 인류가 놀이를 할 때 줄곧 사용하던 둥글둥글
한 도구. 공을 굴리다, 공을 던지다, 공을 받다, 공을 잡다, 공
을 차다, 공을 튀기다, 공을 때리다……. 어울려 쓰이는 말들
을 살펴보면, 둥글둥글한 사람들이 어떤 취급을 받고 있는지
가 짐작된다.

관

처음 들어가 눕지만 영원히 눕는다. 가장 어두운 곳에서 영원히 혼자가 된다. 가장 차갑지만 어쩌면 따뜻할지도 모르며, 가장 딱딱하지만 어쩌면 아늑할지도 모른다.

국

아버지가 없는 밥상에서 더불어 없어졌던 메뉴.

굴

아버지의 밥그릇 앞에만 놓여 있던 겨울철의 특식.

굿

'굿하고 싶어도 맏며느리 춤추는 꼴 보기 싫어 안 한다'던 고약한 마음이 '굿이나 보고 떡이나 먹자'는 자포자기하는 마음으로 변화될 때 벌일 수 있는 잔치.

귀

토론할 때는 닫혀 있다가 칭찬할 때는 잘 열리는 우리들의
신체 기관.

균

인류가 정착 생활을 하면서 더불어 진화가 진행된, 우리의
오래된 벗.

귤

한 봉지. 아버지가 퇴근하여 현관문을 열 때 찬 바람과 함께
가져오던 것.

극

없다는 걸 의식하면 돌아올 길이 없기 때문에 설정해둔 허구적인 한계선.

금

금은 밟지 말라는 뜻에서, 선은 넘지 말라는 뜻에서 설정된
다. 금은 타인을 통제하기 위해서, 선은 나 자신을 통제하기
위해서.

길

길을 누릴 수 없는 동네는 죽은 장소나 다름이 없다.

깡

힘의 마지막 단계. 젖 먹던 힘은 배짱에서 악착으로, 그리고
오기로, 그다음 깡의 순서로 버전업 되어간다.

깨

'맛있게 드세요'라는 뜻으로 뿌려두는 것.

껌

1980년대에 광고계에서 가장 치열한 경쟁을 하던 아이템이었고, 1990년대까지는 교양인들이 가방 속에 소지하고 다닌 필수품 가운데 하나였고, 2000년대에는 식당이 후식으로 제공해주던 기호 식품. 지금은 껌같이 되어버린 껌.

꼭

'반드시'라고 표현하면 어딘가 권위적으로 보이고, '당연히'라고 표현하면 어딘가 건성으로 여겨지고, '제발'이라고 표현하면 어딘가 비굴하게 보이고, '부디'라고 표현하면 너무 절절해 보여서, 건조하지만 정갈한 염원을 담백하게 담고 싶을 때 쓰는 말.

꼴

형편이나 처지를 뜻하는 순우리말이지만, 좋은 상태일 때는 '양상'이라는 말로 대신하고, 나쁜 상태일 때는 '형국'이라는 말로 대신한다. 아니꼬울 때는 '꼴값'으로 활용되고, 빈정댈 때는 '꼬락서니'로 활용된다.

꽃

내 첫 번째 빨강

동네 골목을 산책하다 한참 동안 건너가본 적 없는 옆 동네를 향해 건널목을 건넜다. 건너편에 아주 작은 간판을 단 가게 하나가 눈에 들어왔기 때문이었다. 꽃가게였다. 바깥에 내다놓은 화분들을 구경했다. 물을 준 지 얼마 되지 않았는지 식물들은 오너먼트처럼 물방울을 매달고 반짝였다. 저마다 다른 식물들의 이파리를 이리저리 살펴보았다. 가게 앞에서 내내 기웃거리던 나를 발견한 주인이 바깥으로 나왔다.

"꽃 좋아하시나 봐요."

고개를 끄덕이며 주인과 몇 마디를 나누었다. 가게를 연지 얼마 되지 않아서 찾아오는 동네 사람이 거의 없다며 들어와 구경이나 해보라고 권했다. 큰길 건너에 산다며 인사를 하고 나니 그냥 가기엔 좀 곤란해졌다. 제라늄이 있느냐고 물었다. 가게 안쪽 마당으로 나를 안내했다.

"이제 곧 여름이 올 거라 사람들이 좀 찾을까 해서요."

빨강, 하양, 연분홍, 진분홍 등 갖가지 제라늄을 보여주면서, 1년 내내 꽃을 볼 수 있다며 제라늄에 대해 설명했다. 어떤 것은 모기 퇴치 효과도 있어서 구문초라 부르기도 한다며 구문초가 이 계절엔 인기가 있을 거라고 했다.

주인이 권하는 가장 싱싱한 제라늄을 고르다 보니 화분을 사들고 집에 돌아오는 길은 여러 번을 쉬어야 했다. 낑낑대며 4층 옥탑방까지 계단을 올랐다. 옥상의 볕 잘 드는 자리를 내어주었다.

나는 여름 내내 제라늄 옆에서 지냈다. 제라늄 옆에 비치 체어를 두고 거기 누워 책도 읽었고 아이스티도 마셨다. 가끔은 선글라스도 써가며 집구석 여행자 놀이를 하며 여름을 보냈다. 제라늄은 빨간 꽃을 피우다 지고 또 새로 피웠다. 나는 그저 물만 흠뻑 주면 됐고, 그 녀석은 너무나 열심히 꽃을 피웠다. 똑같은 꽃이 계속해서 지고 계속해서 피는 것을 처음 알게 된 사람처럼, 제라늄 옆에서 제라늄을 바라봤다. 한 가지에서 어떻게 그렇게 많은 꽃가지들이 뻗어나와 보송보송한 꽃망울을 터트리는지 매일매일 신기해했다. 비가 와 강제로 꽃잎이 떨어진 날에는 우산을 들고 안쓰럽게 바라보았고, 땡볕인 날에 꽃잎이 타버리듯 시들어버리는 것이 안타까워 해 지기만을 기다렸다 물을 흠뻑 주었다. 제라늄은 내 우정을 최대한 만끽하며 다음 날 다시 의연하고 화사해져 있었다. 잔가지들은 더 굵어졌고 키도 훌쩍 커졌다. 가을이 오면 동그란 이파리에 동그란 단풍이 들 것을 상상하고, 꽃씨를 받아서 내년에는 파종을 해보아야겠다는 계획을 세워보기도 했다. 친구가 나의 옥탑방에 놀러 오면 "제라늄 구경할래?" 하면서 옥상으로 함께 나가보기도 했다. 친구들은 이 평범한 꽃을 유달리 애지중지하는 나를 더 놀라워했다. 제라늄은 내가 직접 키운 첫 꽃이었다. 물을 자주 주지 않고 햇볕이 잘 들지 않아도 무럭무럭 크는, 산세비에리아나 고무나무나 알로카시아 같은 공기정화용 초록 식물들 몇 가지만 키워온 나에겐 첫 번째 빨강이었다. 마당이 있거나 볕이 잘 드는 집에서 살 수 있게 되면 꼭 꽃을 키워보리라 마음먹었던 오랜 소원의 첫 번째 도착이었다.

여름이 가고 가을이 왔을 때, 원고를 정리하겠다고 보름 정도 집을 비웠다. 왜 그랬는지 알 수는 없지만 제라늄을 까맣게 잊었다. 집을 나설 때, 흠뻑 물을 줬고 세숫대야에 물을 가득 담아 화분을 담가놓기는 했지만, 그때엔 보름씩이나 집을 비우리라 예상하지 못했다. 원고에 지나치게 집중하느라 다른 모든 것들을 거의 까맣게 잊어버렸다. 집에 돌아와서도 마찬가지였다. 물을 주긴 했지만 제라늄의 안색을 가까이서 살피지 않았다. 집을 비웠던 보름 치의 밀린 일들을 해치우고 사람들을 만나느라 정신없이 집 바깥에만 있었고, 집에서는 겨우 잠만 자고 일어났다.

어느 날 아침 늦잠을 자고 일어나 "아, 제라늄!" 하고 탄식

했다. 슬리퍼를 신고 옥상에 나가 제라늄 앞에 쪼그려 앉았다. 한쪽 가지 끝에 바싹 말라버린 채로 박제처럼 매달린 꽃송이를 발견했다. 손을 갖다 대자마자 바스라져 떨어졌다. 그렇게 가녀린 0그램의 무게로 꽃잎은 바닥에 떨어져갔다. 꽃잎들을 천천히 천천히 하나씩 주웠다. 하얀 종이에 담아서 방에 가지고 들어왔다. 흰 종이 위에 꽃잎들을 하나하나 나란히 놓았다. 죽어버렸는데 제라늄은 여전히 예뻤다. 일렬로 늘어놓기도 하고, 별처럼 모아보기도 하고, 이렇게 저렇게 모양을 만들며 방바닥에 쪼그리고 앉아 장례를 치렀다.

죽은 꽃잎이지만 예뻤다. 예뻐서 사진도 찍어두었다. 한 꽃송이에 얼마나 많은 꽃잎이 매달려 있는지를, 말라버린 다음에야 자세히 알 수 있었다. 바싹 말라버린 제라늄 꽃잎과, 아니 뼈가 된 꽃잎들과 한나절을 놀았다.

꾀

한계상황이 아닌 일상생활에서 주로 발휘되는 것을 두고 따로이 '잔머리'라고 칭한다.

꾼

어떤 일에 도가 튼 전문가를 일컫는 말이지만 몹쓸 지경의 능란함을 뜻하기도 한다. 꾼의 쓰임새가 이렇게 이중적인 것은 능란함이 지닌 속성 자체가 이중적이기 때문이다.

꿀

꿀을 빼앗긴 벌이 어떻게 그 사태에 대처하는지는 알려진 바
가 없다.

꿈

여기에서는 꿈 이야기를 누군가에게 하지만 꿈속에서는 여기에 대해 이야기하지 않는다.

끈

물건 같은 것을 한데 묶을 때 사용하는 물건. 끈이 끊어질 때 대열은 흩어져도 물건이 단단하면 온전할 수 있다. 사람의 끈도 마찬가지 경우.

쿵

힘을 쓸 때는 이 소리를 스스로 내고 힘이 들 때는 이 소리가
저절로 난다.

끝

모든 전쟁이 끝날 때마다
누군가는 청소를 해야만 하리.
그럭저럭 정돈된 꼴을 갖추려면
뭐든 저절로 되는 법은 없으니.

시체로 가득 찬 수레가
지나갈 수 있도록
누군가는 길가의 잔해들을
한옆으로 밀어내야 하리.

누군가는 허우적대며 걸어가야 하리.
소파의 스프링과
깨진 유리조각,
피 묻은 넝마 조각이 가득한
진흙과 잿더미를 헤치고.

누군가는 벽을 지탱할
대들보를 운반하고,

창에 유리를 끼우고,
경첩에 문을 달아야 하리.

사진에 근사하게 나오려면
많은 세월이 요구되는 법.
모든 카메라는 이미
또 다른 전쟁터로 떠나버렸건만.

다리도 다시 놓고,
역도 새로 지어야 하리.
비록 닳아서 누더기가 될지언정
소매를 걷어붙이고.

빗자루를 손에 든 누군가가
과거를 회상하면,
가만히 듣고 있던 다른 누군가가
운 좋게도 멀쩡히 살아남은 머리를
열심히 끄덕인다.
어느 틈에 주변에는
그 얘기를 지루히 여길 이들이
하나둘씩 몰려들기 시작하고.

아직도 누군가는
가시덤불 아래를 파헤쳐서
해묵어 녹슨 논쟁거리를 끄집어내서는
쓰레기 더미로 가져간다.

이곳에서 무슨 일이 일어났는지
분명히 알고 있는 사람들은
이제 서서히 이 자리를 양보해야만 하리.
아주 조금밖에 알지 못하는,
그보다 더 알지 못하는,
결국엔 전혀 아무것도 모르는 이들에게.

원인과 결과가 고루 덮인
이 풀밭 위에서
누군가는 자리 깔고 벌렁 드러누워
이삭을 입에 문 채
물끄러미 구름을 바라보아야만 하리.

비스와바 쉼보르스카, 「끝과 시작」 전문

'너'의 총합

ㄱ
ㄴ
ㄷ
ㄹ
ㅁ
ㅂ
ㅅ
ㅇ
ㅈ
ㅊ
ㅋ
ㅌ
ㅍ
ㅎ

나

가장 쉬운 연산으로 헤아려지는 자. 그렇지만 가장 어려운 연산으로 헤아려야 할 것 같은 착각이 드는 자. 나를 가장 많이 속이는 장본인. 내가 가장 자주 속는 장본인. 가장 추악하지만 가장 빠르게 용서하는 사람. 빠른 용서로 가장 깊이 추악해지게 방치하게 되는 사람. 가장 만만한 분노의 대상. 가장 최후의 분노의 대상. 실은 존재하지 않을지도 몰라서 두려운 자. 어쩌면 '너'의 총합일 뿐인 자.

낙

아무 낙도 없을 때야 오롯하게 남는, 아주 간단한 어떤 일 하나를 가리키는 말.

날

하루와 하루 사이에 끼인 면도날 같은 하루. 하루로 익어가기 이전의 날것인 하루.

남

남자, 타인, 남쪽. 이 세 가지를 모두 이 한 글자로 적는 데는
다음과 같은 공통점이 있기 때문이다.

　멀리 두고 보아야 좋다.

낮

그림자를 선물 받는 시간들. 그림자와 헤어지기 싫어한 누군가 불빛을 만들었을 것이다.

낯

얼굴이라는 말보다 더 민낯을 지칭하는 말. 감정이 담긴 얼굴을 지칭하는 말.

너

가변성 가족 혹은 확장형 가족. 친구와 적 사이를 간단하게 오가는 타인. 아주 가끔씩 드물게 '나'와 완전하게 겹쳐 기뻐지는 사람.

넋

산 자의 것을 '영혼'이라 부르고 죽은 자의 것은 '넋'이라 부른다.

넷

하나일 때 가장 아름답고, 둘일 때 가장 긴밀하고, 셋일 때
가장 든든하고, 넷일 때는 하나의 조직이 된다.

년

친근함을 담을 때와 혐오감을 담을 때, 단 두 가지 용도로만
쓰이는 여자 사람을 일컫는 속어.

녘

햇빛의 생성과 쇠퇴가 시작되는 하루 두 번 우리 곁에 슬며
시 찾아왔다 사라지는 낱말.

녹

녹이 슬어야 인간은 녹을 먹을 수 있다.

논

나 어릴 적 부모의 일터. 나 어릴 적의 놀이터.

놀

날카로운 겨울의 나뭇가지에 찔려 있는 저 하늘은 붉은 상처를 드러내고 하루를 거둔다. 신음 소리도 없는 저 하늘에게 경배를.

놈

남자를 낮추어 부를 때, 친근함을 나타낼 때, 비아냥거릴 때 두루두루 자주 사용한다. 유일하게 아버지에게는 아무도 사용하지 않는다.

농

허구는 사실을 압도하고 농담은 진실을 제압한다.

눈

시각이라는 감각에만 의존해 우리가 살아가는 것 같지만 실은 시각의 즐거움도 시각의 도움도 외면한 채로 살아간다. 보이는 것만 잘 보아도 충분히 알 수 있는 것들에 여전히 무지한 채로.

늘

그러고 싶은 것에 대하여는 이것이 무엇보다 어렵고 그러기
싫은 것에 대하여는 이것이 무엇보다 쉽다.

님

옛날에는 사모하는 단 한 사람에게 사용한 가장 귀한 말이지
만 이제는 친근한 사람들을 제외한 모든 사람에게 두루 사용
하는 가장 손쉬운 존칭.

단 한 순간도

ㄱ
ㄴ
ㄷ
ㄹ
ㅁ
ㅂ
ㅅ
ㅇ
ㅈ
ㅊ
ㅋ
ㅌ
ㅍ
ㅎ

다

확정적인 최후에 쓰이지만 또 다른 시작을 여는 단어. '그게
다야' 혹은 '다 죽었어!'

단

'당신은 할 수 있습니다. 단, ~하는 한에서.' 모든 것을 허락하는 척만 하면서 정작 아무것도 허락하기 싫을 때 도치법으로 사용하면 효력 만점.

달

변해가는 모든 모습에서 '예쁘다'라는 말을 들어온 유일무이
한 존재.

닭

좋게 비유된 적이 거의 없는 동물.

담

높고 우람할 때는 위화감을 주지만 낮고 아담할 때는 풍경이
되어준다.

답

과학자들은 인간 조건을 이해하기 위하여 수많은 질문을 던지지만 답을 찾지 못하기도 한다. 이는 잘못된 질문이 낳은 어쩔 수 없는 결과라는 사실이 다른 과학자에 의해 입증된다. 그리고 새로운 질문을 고안해낸다. 그때 인간 조건을 규명하는 새로운 패러다임이 도래한다.

닻

있으면 안일해지고 사라지면 피곤해진다.

더

타인에게 요구하면 가혹한 것, 스스로에게 요구하면 치열한
것.

덕

어느 어른이 가졌다는 전설이 남아 있지만 이걸 가진 어른은
거의가 익명이라서 우리에게 나타날 리 없다. 단, 주변을 자
세히 둘러본다면 찾을 수 있다. 나타난 적 없을 뿐 찾아낼 수
있다.

덜

가장 좋은 상태.

덫

이것을 이용하면 언젠가 이것에 갇히게 된다.

도

인간이 구해야 할 가장 귀한 깨달음으로 알고 있지만 실은
단 한 순간도 잃지 않고 있어야 하는 가장 평범한 것.

독

이것이 몸에 번질 때는 정반대의 이것으로 다스릴 수 있고 이
것을 지닌 생명은 이것으로써 스스로를 지켜낼 수 있다.

돈

잠언가들이 가장 애용하는 소재.

돌

아무것도 아닌 것 하나

돌을 줍는다. 되는대로 줍지 않고 허리를 수그리거나 쪼그리고 앉아서 오래오래 이 돌 저 돌을 살펴보며 하나를 고른다. 손바닥 위에 올려놓고 오래 돌을 보고 있으면, 무늬가 보인다. 그 무늬는 이 마을의 지도가 오랫동안 보존돼 있을 것만 같다. 돌 속에 길도 보이고 집도 보인다. 갈림길도 보인다. 손에 꼭 쥐고 호주머니에 넣어두고 집에 돌아온다. 내 방 창턱에는 그렇게 모아온 돌들이 가지런히 놓여 있다.

언젠가는 손바닥보다 더 큰, 둥글둥글하게 잘생긴 돌을 주워 온 적이 있었다. 엄마는 그 돌을 깨끗이 씻어 장독 속에 장아찌를 눌러놓는 용도로 사용했다. 언젠가는 납작한 달걀처럼 생긴 돌을 주워 온 적이 있었다. 나는 그 돌을 책을 펼쳐놓고 종이를 눌러놓는 문진으로 사용했다. 구멍이 뚫린 돌은 가죽끈으로 매달아 목걸이를 만들었고, 움푹 파인 돌은 작은 수생식물을 담아두는 용도로 사용했다.

주워 온 돌 하나. 아무것도 아닌 것 하나. 이것은 아무것도 아니다. 쓸데가 없다. 그저 돌멩이 하나다. 쓸데가 없어서 돌은 이모저모로 쓸데를 찾게 만드는 사물이기도 하다. 어떻게 사용할지는 돌의 주인에게 달렸다. 돌의 용도를 발명해야 하는 것이다.

돛

방향을 잃고 방황한다는 느낌이 든다면 돛을 팔아 닻을 구했던 순간에서 다시 시작해야 한다.

둘

도시의 상업 공간이 가장 노리고 있는 머릿수.

뒤

성공을 추구하는 자들은 이것이 대부분 구리며 성공을 추구
하지 않는 자들은 이것이 대부분 아름답다.

득

이것 없이는 이제 사랑도 하지 않는다.

등

동물은 평화롭고 생선은 푸르며 사람은 애처롭다.

딸

싸가지가 없다고 어린 딸을 때리던
그때의 엄마 나이가 되어 있었고
딸에게 의지하여 딸이 된 엄마는 그러나
싸가지가 없을수록 눈물겨웠다

김소연, 「십일월의 여자들」 부분

땀

일을 하여 이것을 흘리는 직업이 점점 사라져간다. 다만 악
몽에서나 모멸감에서나 죄의식에서나, 그리고 러닝머신 위
에서나 흘린다.

땅

생명이 싹트는 곳에서 돈이 싹트는 곳으로 바뀌었다.

때

이것을 만나는 것을 행운이라고 하고 이것을 맞추는 걸 능력
이라고 한다.

땡

일요일 정오, 〈전국노래자랑〉에서 우리를 즐겁게 해주는 출
연자에게 들려주었던 한 음절.

떡

가장 다양한 의미로 변주되는 비유 가운데 하나. 가장 쉬운
일을 뜻할 때도, 몹시 피곤한 상태를 나타낼 때도, 일을 망쳤
을 때도.

떼

동물들 사이에서는 이 대열에서 떨어져나오는 것이 낙오지만
사람들 사이에서는 이 대열에서 떨어져나오는 것이 용기다.

또

욕구가 왕성할 때 쓰는 말. 주로 아이들이 반복해서 놀고자 조를 때, 윗사람이 반복해서 충고하고자 할 때, 연인들이 헤어지고 싶지 않을 때, 말이 말을 낳을 때, 술이 술을 부를 때.

똥

안에 갖고 있기도 싫고 밖에 두고 보기도 싫지만 내보내는
순간 쾌락이 있다는 의미에서, 우리가 쓰는 말과 닮았다.

뚝

뚝심이 있으면 강물도 막을 수 있다.

뜰

옛날 사진 속 유년 시절에만 존재하는 배경.

뜸

밥은 이로 인하여 맛있어지며, 몸은 이로 인하여 치료가 되
지만, 말을 할 땐 이로 인하여 타박을 듣는다.

뜻

이것이 있는 곳엔 길이 있었다. 이것이 있는 곳엔 사람이 모
였다.

동그라미를 가리키는 말

ㄱ

ㄴ

ㄷ

ㄹ

ㅁ

ㅂ

ㅅ

ㅇ

ㅈ

ㅊ

ㅋ

ㅌ

ㅍ

ㅎ

룰

좋은 것은 전수되기 어렵고 나쁜 것은 전수되기 쉽다. 좋은
것은 따르면 손해를 볼 것 같고 나쁜 것은 따르면 이익이 있
을 테니까.

링

동그라미를 가리키는 말이지만 복서에게는 사각을 뜻한다.

멀리 있으니까

ㄱ
ㄴ
ㄷ
ㄹ
ㅁ
ㅂ
ㅅ
ㅇ
ㅈ
ㅊ
ㅋ
ㅌ
ㅍ
ㅎ

말

가장 순정한 말은 오로지 한 음절로 이루어진 감탄사다. 가장 나약한 말은 남을 그럴듯하게 속일 수 있다고 생각하는 거짓말이다. 무엇보다 자기 자신조차 기만하는 거짓말은 자기 자신이 얼마나 나약한지를 입증하고야 만다. 가장 허망한 말은 사랑을 맹세하는 말이지만, 그 허망함은 너무도 허망한 나머지 이상하고 야릇한 굳건함이 있다. 가장 영리한 말은 무수한 대화 끝에 매달리고야 마는, 자신의 허위를 자조하는 말에서나 가능해진다. 가장 아둔한 말은 누군가를 꾸짖는 말이다. 무섭게 가르치려 하면 할수록 점점 마음은 닫히기 때문이다. 그러나 정작 가장 무서운 말은 정확한 말이다. 가장 정확한 말은 군더더기 없이 간명하게 집약적으로 초점을 맞추며 감정을 싣지 않기 때문에 냉혹하다. 가장 가난한 말은 말을 많이 하는 자의 입속에서 나온다. 가장 현명한 말은 그 말을 듣는 자가 듣고 싶어하던 말일 뿐이며, 가장 진실된 말은 말로 하는 순간 추레해질 뿐이며, 가장 영롱한 말은 했던 말들을 모두 부정하는 말일 뿐이다. 가장 설득력 있는 말은 차라리 신음이거나 비명이며, 신음과 비명 너머에서 가다듬어 하는 말은 기도와 겨우 가까워질 수 있다. 말과 사람과 사람 사이에 흐르는 어색한 기운을 비집고 생성되는 뜬금없는 농담의 말과 뜻 없이 손을 흔들며 건네는 인사말은 아무것도 아닌 채로 언제나 반갑다.

맘

자식의 이름 뒤에, 사는 아파트나 동네 이름 뒤에 '맘'을 붙여서 스스로를 호명한다. 엄마들이 자신의 이름을 쓰지 않는 것이 문화가 되어버렸다.

맛

어머니를 묻고 김은 아버지와 산을 내려왔다. 너무 더웠
다. 땀이 흐르는 데다 블라우스의 깃이 슬리면서 목덜미가
따가웠다. 목이 탔지만 아버지에게 투정을 부려서는 안 된
다는 것쯤은 알 만한 나이였다. 산 입구에는 등산객을 상
대로 하는 노점상들이 서 있었다. 촌 여자들이 콩국을 팔
았다. 고무로 된 커다란 젓갈통이었다. 그 안에 콩국이 가
득했다. 커다란 얼음 덩어리가 서서히 녹고 있었다. 아버지
가 플라스틱 바가지로 콩국을 떠서 김에게 건넸다. 간간했
다. 그녀는 허겁지겁 콩국을 마셨다. 순간 국물과 함께 차
갑고 미끄러운 것이 목구멍을 타고 넘어갔다. 어린 그녀는
그것이 작은 물고기일 거라고 생각했다. 작은 물고기들이
헤엄친 것처럼 콩국에서는 비린내가 났다. 양복 바짓단을
대충 접어 올려 드러난 아버지의 앙상한 발목이 보였다.
아버지의 낡은 구두에는 붉은 흙이 구두 등까지 더께로 묻
어 있었다. 웃으면 안 되는데 그녀는 자꾸자꾸 목구멍이
간지러워서 몰래몰래 웃음을 풀어놓았다.

"그때 그걸 먹어볼 수 있을까?"

김은 들릴 듯 말 듯 중얼거렸다.

하성란, 「여름의 맛」 부분

망

명사에 붙여 쓴다. 관계망, 사회망, 통신망, 인간망, 유통망, 판매망, 사회연결망, 교통망, 정보망, 연락망 등등. 거미줄에 앉은 거미가 되기 위하여 접근했다가 거미줄에 앉은 먹잇감 신세가 된다.

매

아이였을 때에는 어른으로부터 가해졌지만 어른이 되면 양
심으로부터 가해져야 하는 것.

맥

이걸 잘 잡는 자를 지식인이라고 하고 이걸 잘 짚는 자를 지성인이라고 한다. 지식인과 지성인의 과잉 사회에서 살아가고 있지만 이걸 잘 만드는 자와 이걸 잘 바꾸는 자는 욕망만 남은 사람밖에는 남아 있지 않다.

먹

먹도 새카맣고 먹먹함도 새카맣다. 하여, 둘 다 흰 종이에 명
료한 문장을 쓰게 한다.

먼

홍대 앞보다 마레 지구가 좋았다
내 동생 희영이보다 앨리스가 좋았다
철수보다 폴이 좋았다
국어사전보다 세계대백과가 좋다
아가씨들의 향수보다 당나라 벼루에 갈린 먹 냄새가 좋다
과학자의 천왕성보다 시인들의 달이 좋다

멀리 있으니까 여기에서

김 뿌린 센베이 과자보다 노란 마카롱이 좋았다
더 멀리 있으니까
가족에게서, 어린 날 저녁 매질에서

엘뤼아르보다 박노해가 좋았다
더 멀리 있으니까
나의 상처들에서

연필보다 망치가 좋다, 지우개보다 십자나사못

성경보다 불경이 좋다
소녀들이 노인보다 좋다

더 멀리 있으니까

나의 책상에서
분노에게서
나에게서

너의 노래가 좋았다
멀리 있으니까

　　기쁨에서, 침묵에서, 노래에게서

혁명이, 철학이 좋았다
멀리 있으니까

　　집에서, 깃털 구름에게서, 심장 속 검은 돌에게서

진은영, 「그 머나먼」 전문

멋

'있다' 혹은 '지다'라는 말 앞에 붙여 쓸 때만 진짜다.

멍

다친 부위는 아름다움에 가까워진다. 노랑, 초록, 파랑, 보라.
절반 이상이 무지개와 같은 색으로 이루어져 있기 때문이다.

명

기계는 너무나도 쉽게 단종되고 인간은 너무나도 오래 산다.

모

모난 돌이 정 맞는다지만 모서리를 선명하게 만듦으로써 반짝이는 보석이 태어난다.

목

머리를 가누고, 인사를 하고, 음식을 삼키고, 기침을 하고, 울음을 담아두고, 급기야 숨을 멎게도 할 수 있다.

몸

우리가 가장 믿고 사는 이것. 우리가 가장 숭배하고 사는 이것. 우리에게 가장 큰 실망을 주는 이것. 우리에게 가장 다양한 실망을 주는 이것. 우리에게 변함없이 새로운 실망을 주는 이것. 그리하여 가장 연연하는 이것. 하여, 몸은 우리에게 말한다. 몸의 언어로. 몸의 방식으로. 몸으로써. 몸의 언어에 귀를 기울이는 일이 '감각'이며, 감각에 기대어 몸의 언어를 듣는 일이 '아픔'이며, 몸의 언어에 화답을 하는 일이 '통증'이며, 몸이 자신의 언어에 귀를 기울여준 고마움을 표하는 일이 '회복'이다.

묘

한 사람의 생애를 가장 극명하게 요약해주는 장소.

문

문은 열고 드나드는 장소이지만 벽은 짚고 일어서는 또 다른
문이다.

물

가장 무미의 맛. 그러므로 가장 최고의 맛. 그렇지만 가장 나중의 맛. 그럼에도 가장 최초의 맛. 바라보면 가장 평화의 맛, 뛰어들면 가장 쾌락의 맛. 범람하면 공포의 대상, 부족하면 궁핍의 요인. 한 모금으로는 목을 적시고, 한 됫박으로는 나무를 적시고, 한 양동이로는 몸을 적신다.

미

모든 아름다움은 모든 권위보다 더 권위 있다. 진, 선, 미 가운데서 유일하게 생존한 인간의 덕목이다. 하지만 편파적이다. 여성의 진과 선은 아름다움의 지위를 얻지 못할 때가 많은 데 반해, 남성의 진과 선은 아름다움의 지위를 손쉽게 얻는다.

밀

달콤함을 뜻하기도 하고 감추고 싶은 비밀을 뜻하기도 하는 것으로 보아, 가장 달콤한 것은 비밀이 되어야 하며 비밀은 지켜지는 순간이 가장 달콤한 것이다.

밑

위치상 아래를 뜻하는 말로도 쓰이고 서열상 아랫사람을 뜻하는 말로도 쓰인다. 거처로든 처지로든 이 위치에 서고자하는 사람은 아무도 없으며 단지 벗어나기 위해 노력할 뿐이다. 그러나 기초나 기본을 지칭하는 데도 이 말이 쓰인다.

반만 생각하고 반만 말한다

ㄱ
ㄴ
ㄷ
ㄹ
ㅁ
ㅂ
ㅅ
ㅇ
ㅈ
ㅊ
ㅋ
ㅌ
ㅍ
ㅎ

밖

시스템 바깥에서 끼리끼리의 유대로 정말 하고 싶던 일을 하고, 정말 하고 싶던 방식으로 그 일을 하고, 정말 되고 싶던 그 사람으로 살아가는 일. 이런 일만이 이 시대엔 유일한 궐기가 될 수 있지 않을까.

반

반만 먹고 반만 잔다. 반만 일하고 반만 논다. 반만 생각하고 반만 말한다. 반만 듣고 반만 본다. 반만 살아 있고 반은 죽어 있다. 시를 써서 그 반마저 지워버린다.

발

당신의 손바닥은 발바닥 같았다. 평생 연장을 쥐었고 마침내 아무것도 쥘 수 없게 되었을 때 주먹을 쥐었다. 잠을 잘 때만 스르르 펴게 된다던 그 손으로 당신은 무람한 이들에게 먼저 악수를 건넸다.

밤

노동자가 비로소 온전히 오금을 펴고 눕는 시간. 창가의 식물들이 면적을 오므리는 시간. 농구공을 받아내는 텅 빈 운동장처럼 누군가의 성정이 울려 퍼지는 시간. 그렇기 때문에 시인에겐 밥물을 재는 시간.

밥

언덕 아래 사람 사는 불빛이 차오릅니다 흰 입김을 앞으로 내밀면서 언덕을 내려오는 당신, 한쪽 손에 들려진 짐꾸러미를 잠시 내려놓고, 한쪽 어깨에 짊어진 가방을 그 옆에 내려놓고, 당신은 나를 올려다봅니다

기다리던 택시가 오고, 당신은 가방이랑 짐꾸러미를 챙겨 들고 차 문을 닫습니다 짐을 챙기느라 당신을 미처 챙기지 못한 당신, 내 옆에서 무언가를 기다리며 당신이 서 있습니다 깜박깜박 졸음에 빠져듭니다

깨우려다 그만둡니다 내 주먹마다 흰밥이 피고 그 밥알들이 환하게 저물어 다 떨어질 때까지, 그리하여 당신의 이불이 되어줄 때까지, 나는 혼자 뜨거운 차 한 잔을 오래 마시며 이 겨울을 지나가고 싶습니다

눈이 옵니다 저 저녁을 다 덮는 흰 이불처럼 눈이 옵니다 발걸음 소리가 들립니다 당신은 짧은 길을 길게 돌아서, 찬 기운 가득한 빈집에 들어가 버리고, 당신이 남긴 당

신과 나는, 이 눈을 다 맞고 서 있습니다

봄이 올 때까지 주먹을 펴진 않을 겁니다 내 주먹 안에 당신에게 줄 밥이 그릇그릇 가득합니다 뜸이 잘 들고 있습니다 새봄에 새 밥상을 차리겠습니다 마디마디 열리는 따뜻한 밥을 당신은 다아 받아먹으세요

김소연, 「목련나무가 있던 골목」 전문

방

나는 방의 가구 위치를 자주 바꾼다. 어제는 책상을 서쪽 창문에서 동쪽 창문으로 옮겼다. 동창에 있던 소파는 서창으로. 서창으로 강렬하게 들어오는 오후의 햇볕을 참다못해 저지른 일이었으나, 동창에 자리 잡은 낯선 내 자리가 지금은 마음에 무척 들고 있으나, 자질구레한 정리 정돈이 끝이 없었다. 그날은 하루 종일 구석 자리에 쌓인 먼지를 닦아내며 걸레를 벗 삼았다. 책상 밑에 기어 들어가 수북한 전선줄을 정리하다가 포기했고, 소파 테이블에 수북했던 책들을 정리하다가 포기했다. 간신히 책상 위만 치운 채로 책상에 앉아 이런저런 숙제들을 우선 했다. 앉은 자리만 바뀌어도 술래를 잘 따돌린 숨바꼭질을 하는 기분이 났다. 짧은 글 하나를 쓰고 났을 때엔 맞은편 집 창문에서 불빛이 비치는 걸 발견했다. 누군가 나처럼 밤을 새우고 있는 방을 새로 발견했다. 영광교회 첨탑 속에 까치집이 들어 있다는 것도 새로 발견했다. 첨탑 속에는 까치집이 연립주택처럼 층층이 세 채가 있었다. 해 뜰 무렵이면 들렸던 새소리는 저 식구들의 것이었음을 새로 알았다. 그렇게 그날은 아침까지 새로운 것들이 나에게 나타났다.

밭

기름지면 옥밭, 꿀이 꼬이는 꽃밭은 꿀밭, 비가 와서 물이 고이면 뱀밭. 모서리는 밭모퉁이, 이랑의 양쪽 끝은 밭머리, 일을 하다 밭머리에 나와 쉬는 것은 밭머리쉼. 작은 밭은 뙈기밭, 산꼭대기 뙈기밭은 구름밭, 비탈지면 비탈밭, 조금 비탈지면 순평밭, 비탈에 계단을 내면 계단밭, 외따로 움푹한 산지대에는 굿밭. 오래 내버려두어 거칠면 묵정밭, 질퍽질퍽하면 감탕밭, 모래로 되었으면 모새밭, 잔돌이 많으면 잔돌밭…… 국어사전엔 잃어버린 '밭'의 낱말들이 수두룩하다. 밭은 우리말의 밭이나 다름이 없었다.

배

이것에 같이 탄 타인을 라이벌로 간주한다. 이것을 채우기 위하여.

백

'가장 많음'을 관용적으로 뜻하는 숫자. '믿어지지 않게 많음'을 뜻할 땐 '천'이나 '만'을 관용적으로 쓴다. 그래서 '천만에'라는 말은 절대 그럴 리가 없다는 부정의 뜻으로 쓰인다.

밸

꼬였다는 사람은 많아도 풀렸다는 사람은 없다.

벌

죄를 지으면 받아야 한다고 알려져 있으나 받게 하기 위하여
죄를 만들어내는 경우도 많다.

법

질서를 유지하기 위하여 창안하였으나 권력을 비호하기 위하여 사용된다.

벗

동지와는 사소한 이견을 좁혀나가기 위하여 논쟁을 한 이후 옹호로 귀결되어야 옳고, 벗과는 사소한 이견으로 대화를 농밀하게 만든 이후 다름에 매혹되어야 옳다.

벼

익을수록 고개를 숙인다지만 아무리 보아도 그것은 고개를
떨구고 있는 것 같다.

벽

쌓을 때보다 넘어뜨릴 때 더 큰 희열이 있다.

별

모난 돌이 정 맞는다지만 별은 모서리가 다섯 개.

병

놓치면 깨지고 품고 있으면 아프다.

복

오래 사는 것이 오복 가운데 하나라지만 나머지 사복 없이
오래 사는 것은 가장 큰 비참이 된다.

본

이것이 부재하는 시대. 이것이 되는 인간은 이 세속에서 살
아남아 있지 않다.

볼

뺨의 한가운데 부위. 어쩐지 뺨은 때리기 위한 곳 같고 볼은 뽀뽀를 하기 위한 곳 같다.

봄

겨우내 조용하던 골목에서 아이들이 노는 소리가 들려오면 나는 봄이 과연 왔나 보다 한다. 아이들은 가장 먼저 봄을 알아채고 골목에 나와서 몰려다니며 소리를 지른다. 놀이의 법칙을 발명해나가면서 티격태격하다 깔깔대고 소리치며 뛰어다닌다. 그 소리에 가만히 귀를 기울이면 나도 좀 끼워줄래 하며 나가보고 싶어진다. 어릴 때는 아이들이 노는 골목길가에서 애들이 웃으면 따라 웃고 애들이 심각하면 같이 심각한 표정을 지으며 오래 앉아 있다가 슬며시 끼어들어 함께 놀았다. 애기똥풀을 꺾어 줄기 속에 든 즙을 짜내어 혀끝에 갖다 대본다거나 버드나무에 물이 오르면 가지를 꺾어 호드기를 만들어 피리처럼 불었다. 새로 이사를 온 친구가 나처럼 그렇게 배시시 웃으며 구경을 하고 있으면 틈을 열어 끼워주며 골목을 쏘다녔다. 요즘 아이들은 어떻게 놀까. 그게 궁금해서 알아보고 싶은데 아직 봄이 제대로 도착하지 않아선지 동네 놀이터에도 골목에도 아이들이 없다.

학교에 다니고서의 봄은 언제나 새 공책에 내 이름을 쓰는 시간이었다. 달력을 뒤집은 흰 면을 교과서에 입히고 새 연필 꼭대기에다 이름을 적은 견출지를 감아두는 시간. 새 공책에 새 글씨를 깔끔하게 채우고 싶어 책받침을 새로 사고, 과일 향 나는 지우개도 새로 샀다. 이 새 물건이 주는 새 기분은 새 학년을 꽤나 성실하게 보낼 수 있을 것 같은 느낌을 선물했다. 오래가진 않았지만 포부가 커지는 맛이 있었다. 잘 모르는 담임을 쳐다보며 잘 모르는 반 친구들 속에 파묻혀 호기심 가득한 상기된 얼굴로 교실 속에 앉아 있었다. 나중에는 모든 것이 엉망이 되었지만, 늘 이맘때면 허리도 꽂꽂이 펴고 앉고 책상 서랍 속에 교과서도 가지런히 넣어두곤 했다. 봄은 새 학년의 새 출발을 부려놓고 가는 마법의 시간이었다.

스무 살이 넘어서는 새봄엔 새 옷이 필요했다. 언제나 검정 아니면 잿빛, 그것도 아니면 누렇거나 푸른 옷이 전부였던 나에게 노랑이나 분홍, 혹은 빨강이나 연두 같은 옷이 필요했다. 이미 봄날의 내 얼굴은 연두거나 분홍이었을 텐데, 그땐 그걸 몰랐다. 그땐 다만 화단에 앞다투며 피는 꽃들의 화사함을 흉내 내려 했거나 친구들의 옷 색깔에 파묻히기는 싫었거나 했을 것이다. 두꺼운 겨울 외투를 옷 정리함에 넣어두고서 봄옷을 꺼내어 옷장에 걸면, 여태까지 잘도 입었던 옷이 어쩐지 추레해 보이기만 했다. 면으로 된 운동화를 꺼

내어 신고 발목이 보이는 청바지를 입고 천으로 된 가방을
어깨에 메고 외출을 했다. 그래봐야 도서관이나 술집을 찾아
가거나 아르바이트를 하러 가는 게 전부였지만, 고운 햇살
이 창 안에 흥건하게 고이는 버스에 앉아 고갯방아를 찧으며
꾸벅꾸벅 조는 일이 전부였겠지만, 그땐 내가 꽃이어야 했던
시절이었다.

　언젠가부터는 봄이 오면 기분이 좋지 않았다. 칙칙한 베일
을 벗긴 듯 화사해진 날씨와 피고 지는 꽃들에 조금쯤 주눅
이 들었는지도 몰랐다. 그래서 꽃을 보면 예쁘다고 감탄하기
도 전에 눈을 질끈 감았다. 꽃은 너무 화려했고 나는 너무 권
태로웠다. 꽃길을 걸으며 뺨에 홍조를 띤 소녀들의 깔깔거
림을 훔쳐보며 '좋은 시절이네' 하다 내 그림자를 바라보았
다. 패기가 사라진 내 그림자. 아무리 따뜻한 봄날이어도 겨
울의 끝을 문고리 붙잡듯 붙잡고 있는 내 그림자. 그때는 피
는 꽃보다 지는 꽃이 좋았다. 비로소 지훈의 시구 "꽃이 지는
아침은/ 울고 싶어라"를 진심으로 이해하기 시작한 시절이
었다. 피는 꽃으로부터 느끼던 소외감을 억척스럽게 갈무리
하고 있다가, 꽃이 지기 시작할 무렵엔 저절로 혼신을 다해
울적해했다. 분분히 지는 꽃을 바라보며 청춘이 지고 있음을
실감할 때 느껴지던 그 비감이 생각해보면 참 좋았다. 그 이
상한 서러움에 밀려 꽃 이야기를 시에다 가장 많이 부려놓은

시절이기도 했다.

올해는 삼월이 시작되자마자 장례식장을 많이 다녔다. 친구들의 부모님들이 혹독한 겨울을 겨우 버티다가 끝내 꽃이 피기도 전에 돌아가셨다. 검은 상복을 입고 상주가 된 친구의 슬픈 얼굴을 바라보며 둘러앉아 붉은 육개장을 먹었다. 노인들을 저세상으로 가장 많이 데려가는 삼월. 매화가 피기도 전에 노인들이 표표히 이승을 떠나버리는 삼월. 겨울인지 봄인지 알 수가 없는 괴이한 삼월. 겨울보다 추위가 더 삼엄해져 찬 바람이 발목과 슬개골과 목덜미에 스산하게 감기는 삼월. 몇 번이나 세탁소에 겨울 외투를 맡겼다가 다시 꺼내어 입은 올해의 삼월.

우리 동네 골목엔 간신히 핀 목련이 질 준비를 하고 벚꽃이 갓 피기 시작했다. 올해는 유독 꽃 개화기를 표시한 지도를 인터넷에서 뒤졌고, 카메라를 들고 꽃을 찾아 기웃거렸다. 사람들은 아직도 패딩점퍼 차림이지만 꽃은 천천히 북상하고 있다.

한 친구는 봄나물을 정성스레 무쳐서 식사에 초대했고, 한 친구는 곰취 장아찌를 담가 보내주었고, 나는 시장에 나가 달래와 냉이와 쑥을 사와서 된장국을 끓였다. 아직도 추울 뿐이지만, 봄이 짧아져서 언젠간 사라질지도 모른다 생각에,

'봄'이라는 발음을 입밖으로 자꾸 내어 따스함을 보태본다. 봄은 그냥 봄이 아니라 우리가 가장 잘 알고 있는 기적 중 하나니까.

봉

잡으면 좋지만 되기는 싫은 것.

부

이것 하나로 값진 것 전부를 저절로 얻을 수 있다. 영혼을 제
외하고.

북

텅 빈 가죽을 두들기면 음악이 될 수 있듯이 텅 비어 있는 순
간에 우리도 음악을 빚을 수 있다.

분

얼굴에 많이 칠하면 원하던 내 얼굴과 가까워지고 가슴에 많이 쌓이면 원하던 나 자신과 멀어진다.

붐

이것을 일으킨 자를 뼛속까지 소비하고 버린다.

붓

칼과 활과 총은 위기가 아닌 순간엔 내려놓고 붓은 위기의
순간에 꺾는다지만, 붓도 칼과 활과 총과 같이 싸우기 위하
여 손에 들게 된다. 싸움의 방식이 다를 뿐이다.

빈

휑하지만 않다면 가장 좋은 상태.

빗

옛날엔 손수건과 함께 모두가 지니고 다닌 필수품.

빚

빚을 향해 가기 위해 당분간 짊어진다고 믿는 것. 빚을 향해 짊어지고 가다가 어느새 빚을 향해 끌려가는 신세가 되는 것. 마음으로 진 것은 마음으로 갚아야 빛이 될 수 있는 것.

빵

여름날 아침. 차들은 늘어져 있고 사람들은 미간을 찌푸리거나 선글라스를 쓰고 있고, 더러는 양산을 쓰기도 합니다. 종합병원에서는 휠체어를 탄 사람들이 병원복을 입은 채 병원 바깥에서 담배를 피우거나 전화를 하죠. 도서관은 언제고 한산하고, 그 옆의 음식점은 부산하고요. 한산하거나 부산하거나, 여름날 대낮의 햇살 아래에서 모든 유리창은 눈부시고 지열이 올라오는 아스팔트 길은 끈적끈적하죠. 아이스크림 위에 흘러내리는 초코크림처럼.

나른하고 따가운 햇살 때문에 내 몸은 언제나 쪽지처럼 접혀진단 느낌이 들어요. 쪽지를 한 면 한 면 펴듯 한 블록 한 블록을 지나죠. 주차단속 요원들은 언제나 차에 코를 들이대고, 상가들은 참으로 견고하고 안전해 보여요. 빠나미, 파리바게뜨, 뚜레쥬르, 크라운베이커리, 신라명과, 한스케익……. 빵집이 유난히 많은 이 길을 나는 매일매일 아침을 굶은 채로 자전거를 타고 지나가고 있어요.

빵 냄새는 정말이지 불온해요. 허기와 따스함을 동시에 불러 일으키니까요. 허기는 나를 무너뜨리는데, 따스함은 나를 든든하게 하니까요. 나는 빵 냄새를 맡으며 무너지자마자 든든해지고, 든든해지자마자 무너지는 느낌이 들어요. 먼 나라 여행지에서 빵만 사먹던 시간들이 떠올라요. 낯선 도시를 걷고 걸었을 때였죠. 빵집은 쇼윈도에서부터 군침이 돌게 하죠. 간판부터가 맛있었거든요. 현관 입구도 맛있고요. 문을 밀고 안으로 들어갈 수밖에 없게 하죠. 접시와 집게를 들고서, 고소해 보이는 빵 한 조각 한 조각을 엄선하는 그 기분. 어쩐지 식사와 선물이 함께하는 느낌이 들어요. 내가 내게 건네는 따스한 인사. 밥보다 든든할 리는 없지만 밥보다 근사한 마음이 생겨요.

그러나 허구한 날, 내가 사는 이 차가운 도시에서 이뤄지고 있는 즐비한 이 따스함은 참말이지 불온하고 불편해요. 왜 그렇게 빵 냄새에는 번번이 무력한지, 홀리듯 이끌려서 문을 열고 들어가 지갑을 열게 해서 더더욱 불온해요. 지나쳐야 하는 것들에 마음을 빼앗기는 이 심사가 불편한 걸까요. 이 차가운 도시에서, 빵집에서부터 불어오는 이 달콤한 따스함들은 어쩐지, 어째서, 슬픈 걸까요. 빵 냄새가 거리에 즐비해서 불편해요. 믿을 만한 빵 냄새를 구별하고 싶어지니까요. 빵 냄새마다 내가 흔들리니까요.

밤

한 사람의 복록이 표출되는 장소.

뻥

참말을 더 참말처럼 보이려고 지나친 애를 쓰다가 사용하게
되는 과장된 참말.

뼈

잘 발라 내가 남겨두면 성찬을 만끽한 것이고 잘 발라 들짐승이 남겨두면 참혹을 목격한 듯하다.

뼘

거리를 재는 단위. 아주 가까운 거리를 표현하기에 가장 적
합하다.

뽐

빼어남을 뜻하지만, 빼어난 상태를 스스로 굳이 나타내려 애
쓸 때 주로 쓰이므로 '~내다'와 함께 자주 사용된다.

뿔

송곳니가 없는 초식동물이 자신을 잡아먹으려는 적을 향해
내세우는 것. 공격용이 아니라 방어용이다. 물어뜯는 것은
잡아먹으려는 공격에 가깝고 들이받는 것은 잡아먹히지 않
으려는 방어에 가깝다.

새해 첫 하루

ㄱ
ㄴ
ㄷ
ㄹ
ㅁ
ㅂ
ㅅ
ㅇ
ㅈ
ㅊ
ㅋ
ㅌ
ㅍ
ㅎ

삯

값과 비슷하지만 쓰임이 다르다. '버스삯'은 버스를 타는 데 드는 비용이고, '버스값'은 버스를 사는 데 드는 비용이다. 사람은 그러므로 값으로 매길 수 없고 삯으로는 매길 수 있다.

산

평지보다 우뚝 솟은 지형을 가리키는 일반적인 말이지만, 산과 언덕을 구분 지으며 그 기준은 나라마다 차이가 있다. 우리나라의 경우 100미터를 기준으로 그 이상을 산이라고 부르고 그보다 낮으면 언덕이라 부른다. 영국 영화 〈잉글리쉬맨The Englishman Who Went Up A Hill But Came Down A Mountain〉은 영국의 산에 대한 기준을 에피소드로 삼았다.

삶

돌연변이가 되어버린

아이였을 때 우리는, 어른들을 단지 교감 능력이 없어서 일
방적인 명령으로만 대화하는, 어리석은 사람으로만 여겼다.
실제로는 자신들이 제멋대로면서 아이들에게 '넌 너무 제멋
대로야!'라며 통제하려 들어 한심해 보였다. 바쁘고, 놀 줄도
모르고, 사귈 줄도 모르고, 이익만 내세우는, 한심한 그들을
보며 어른은 되지 않겠다고 마음먹곤 했다. 어리석은 어른을
비웃는 동화들을 읽으며 대리만족했다. 물론 동화들은 동화
답게 그 결론에서 반성과 화해를 획득하고 다 잘 지내게 되
었다. 우리가 가장 잘 아는 우리의 부모와 우리의 선생과 너
무도 닮은 동화 속 어른들을 향해 손가락질하며, 통쾌해하며,
종내는 용서하며 책 속에서 살았다. 하지만 동화 속 주인공
을 모방하여 어른들에게 손가락질하거나 복수를 해본 적은
없었다. 단지 어른이 되는 것을 가장 두려워하면서 자랐다.
어른이 되기 싫었다. 하지만 어른은 되기 싫다고 해서 안 될
수 있는 것이 아니어서, 어쩔 수 없이 우리는 어른이 되었다.

동화로부터 멀어진 십 대에는 학교와 학원에서 모든 시간을 보냈다. 단 한 가지 목적만을 추구하는 그 장소에서 십 대의 우리는, 내 몫의 억압을 견디는 데 전념했다. 홧김에라도 부당한 억압에 대하여 분노를 그 억압의 주체에게 쏘아보낸 적이 거의 없었다. 아무도 보지 않는 곳에서 분노의 눈물을 흘리거나 같은 분노를 공유한 친구들과 함께 욕을 해대는 것이 전부였다. 시키는 공부를 하고, 외우고, 시험을 보았다. 이 과정만이 유능한 어른으로 성장할 수 있는 길이란 사실을 대부분의 아이들은 일찍이 알았고, 24시간 편의점처럼 공부에 매진했다. 매진하지 않고 일탈한 아이들은 학교에 남아 있지 못했다. 우리는 매진도 하지 않고 일탈을 하지도 않은 십 대를 보냈다. 진짜 세상은 이런 시스템으로 돌아갈 리가 없다는 막연한 희망 같은 걸 품은 채로, 문제집의 여백에 낙서를 하며 시간을 소비하는, 멍 때리는 인간이 되어갔다. 졸업을 하고 학교를 벗어나 세상으로 나아가는 것만 기다렸다. 어른이 되는 것만 기다렸다. 어른이 되면 벗어나는 줄로만 알았다. 어른은 교복을 입고 아침마다 운동장에 일렬종대로 서서 지겨운 교장선생님의 훈화 말씀을 더 이상 듣지 않아도 되는 줄로만 알았다. 멍청한 문제와 멍청한 답안으로 시험을 보고 서열을 매기는 사회에서 더 이상 살지 않게 될 것을 믿었다. 십 대에게 가해진 가열찬 억압을 무사히 견디고 스무 살이 찾아오면 매일매일을 소풍이나 수학여행처럼 지낼 수 있으리라고 기대해보기도 했고, 시키는 공부가 아니라 찾아서 읽는 공부를 할 수 있으리라 기대해보기도 했고, 학급에 갇힌 채로 벗을 구하는 게 아니라 드넓은 세상에서 참다운 이해와 참다운 소통으로 벗들을 만나리라 기대해보기도 했다. 그 기대감으로, 고리타분한 교사의 명령으로부터, 내 편이거나 적이 두 가지밖에 없다고 간주되는 또래 집단으로부터, 그 어떤 상처를 받더라도 이를 악물고 견디고 인내했다.

교복을 벗어던질 수 있게 된 이십 대는 어떤 대학에 진학했고 어떤 진로를 선택했는지에 따라서 이미 계급이 발생되어 있음을 깨달으며 시작됐다. 새로운 예술 문화를 향유할 수 있으리라는 기대와는 달리, 가장 자연스럽게 접할 수 있는 문화는 술 문화와 소비문화가 전부였다. 우리는 모두 이십 대의 해방감을 맛보기 위하여 술집에 갔고 쇼핑몰에 갔다. 그곳에서, 같은 술을 마셨고 같은 옷을 샀다. 다른 술, 다른 옷을 입는 변종은 눈총의 대상이 되었다. 거의 비슷한 장소에서 거의 비슷한 소비를 하며 거의 비슷한 일주일을 반복했다. 정말 궁금했던 질문들을 교수에게 손을 번쩍 들고 할 때마다 또래들로부터 멀어졌다. 자격증과 취업을 위하여 토익 토플 시험을 준비하려고 도서관을 찾는 아이들의 틈바구

니에서, 베짱이처럼 800번대로 분류되는 문학 서적을 읽다가 '그런 책은 집에 가서 읽어라, 이곳은 수험 준비를 하는 사람들을 위한 공간이다, 면학 분위기에 방해가 된다'는 지적을 받고 쫓겨났다. 누군가는 영어 학원이나 취업 준비 학원에서 많은 시간을 보냈다. 마치 십 대로 다시 돌아간 것처럼. 십 대 때는 교사와 경비원의 감시 때문에 학교 바깥으로 나가고 싶어도 나갈 수 없었다면, 이십 대는 아무도 실제로 강제하지 않는데도 자발적으로 그렇게 했다. 자발성. 이것에 깊은 의미를 두며 확신에 차 있었다. 도서관 바깥에서 자발적으로 흥청망청 세월을 보내는 다른 이들도 확신에 차 있었다. 학생운동을 하느라 총학생회에서 대자보를 만들고 자발적으로 집회를 이끄는 이들도 확신에 차 있었다. 모두에겐 껴안고 있을 만한 희망이 있었다.

누군가는 결혼을 했고 누군가는 취업을 했다. 누군가는 여행을 떠났고 누군가는 좀 더 나은 비전을 찾아 전공을 바꾸고 학교를 바꿨다. 모두가 자신의 꿈을 가장 높은 곳에 매단 채 깃발처럼 힘차게 펄럭였다. 꿈과 현실의 괴리를 몸소 좁히기 위하여 무던히 애를 썼다. 이후, 시급 알바를 하든 인턴 사원을 하든 대학원에 진학하든 아이 엄마가 되든, 모두 한 푼 돈의 엄중함에 눈을 뜨기 시작했다. 세상이 생각보다 비정하다는 사실에 눈을 뜨기 시작했다. 알바 가게 사장을 보

며, 회사의 상사를 보며, 지도교수를 보며, 시댁을 보며, 저토
록 비정한 사람이 되지는 않아야겠다는 결심을 해두었다.

그랬기 때문에 우리들의 삼십 대는 가장 비굴한 시절을 보
낼 수밖에 없었다. 남들이 가진 것과 내가 가지지 못한 것
이 가장 선명하게 눈에 들어오기 시작했다. 능력을 발휘해
서, 능력 이상을 발휘해서 욕망하던 것들을 손에 넣기 위해
저마다 애를 썼다. 누구는 시계, 가방, 자동차, 집. 누구는 직
장. 누구는 배우자. 누구는 학력. 소비사회로부터 감염된 모
든 욕망을 성취하는 것이 마치 애초의 장래희망이었던 것처
럼 착각하기 시작했다. 이 욕망들을 좀 더 성취하기 위하여
우리가 우선 지녀야 할 능력은, 더 이상 공부 따위가 아니라
는 사실을 처음 알게 되었다. 줄을 잘 서야 했고, 내 편을 조
직적으로 편성해야 했고, 내 목소리를 내기보다는 체제가 원
하는 대처를 위해 눈치가 빨라야 했다. 거의 모든 인간관계
는 더 이상 우정이 아니라 인맥이 되었고, 교류가 아니라 거
래가 되었다. 마음에 없는 아첨과 마음에 없는 의리를 모사
하기 위하여, 자존심과 영혼을 장롱 깊숙한 곳에 넣어두기
시작했다. 그렇지만 잠시 동안만 그렇게 할 뿐이라며 인내했
다. 잠시 그렇게 하여, 지금보다 더 나은 조건을 거머쥐게 되
면 다시 자존심과 영혼을 장롱 속에서 꺼내어 반갑게 장착

할 수 있으리라고 믿었다. 이런 것을 이른바 '현실적인 인간'이라고 파악했다. 동료들과 술자리에서 서로에게 어깨를 툭툭 두드리며 속삭였다. "자존심을 버려. 자존심이 밥 먹여주지 않아." 술자리 테이블 식어가는 안주 곁에 자존심을 일회용 물수건처럼 얹어두고 함께 돌아섰다.

사십 대. 장롱 속에 넣어둔 자존심과 영혼이 나프탈렌처럼 자그마해지다 못해 사라져버리는 시간들을 보낸다. 어디에 두었더라, 하며 되찾으려 해도 찾아지지 않는다. 가장 많은 일거리가 들이닥쳐서 장롱을 열 겨를도 없다. 사회가 나를 이토록 필요로 하는 것을 두고 성공한 인생은 아닐까 짐짓 거드름도 피워본다. 인생에 남은 시간들을 계산해보기 시작한다. 늙은 부모는 부모대로 점점 더 돈이 들어가는 형국이고, 가족 부양을 담당하고 있는 어깨가 무겁고 때론 서럽지만, 가족에 대한 책임감으로 튼튼한 사람이 되어간다. 부모를 돌볼 줄 안다는 의미에서, 비로소 책임감 있는 어른으로 성장했다는 사실 때문에 어쩐지 떳떳해진다. 조직 사회의 자그마한 비리를 목격하면서 그 들러리로 가담하고 침묵하는 일에, 내가 얻는 자그마한 지위를 이용해 손수 자그마한 비리를 제작하는 일에 점점 더 능란해진다. 자괴감이 찾아올 때마다, 남들이 다 그렇게 하는 것이므로 나만 정직하게 살

수는 없다고 저울질을 해본다. 자신이 속한 조직 사회를 위한 일이므로 양심의 거리낌은 잠깐이다. 오히려 의로운 일을 한 것만 같다. 까칠하게 바른말만 하는 독설가는 적어도 되지 않았음에 만족하며, 그리하여 적을 만들지 않았음에 만족하며, '좋은 게 좋은 거'라는 말을 삶의 모토로 삼기 시작한다. 조직을 위해 잠시 손을 더럽히는 순간 은혜처럼 찾아오는 윗선의 비호와 편애에 중독되기 시작한다. 자존심과 영혼 따위는 혼자 있는 순간에만 생각할 일이라고, 자아를 이원화하기 시작한다. 조직 안에서 유능하다는 것은 성실하거나 창의력이 있다는 뜻이 더 이상 아님을 안다. 거액의 예산을 수주하고, 보고서를 조작하고, 같은 비리에 가담한 사람의 주머니를 두루 두둑하게 만들어주고, 그걸 은폐하고, 공을 들여 천천히 사업을 진행하기보다는 저비용으로 빠른 시일에 그 사업을 달성하는 일을 가장 유연하게 해낼 때 유능한 인재가 된다. 그러는 사이, 내가 원하던 욕망들은 거의 내 곁에 와 있다. 비록 내로랄 것은 전혀 없지만, 집이 있고 차가 있다. 통장에서 연체 없이 공과금과 카드 대금이 빠져나간다. 두둑하지는 않지만 잔고가 초라하지 않은 통장이 서랍 속에서 빛난다. 비로소 안정적인 인생이 시작된 것만 같다. 아랫사람을 부려 성취한 실적에 내 이름을 적어 넣어가면서 무수한 부가가치를 생산해낸다. 눈을 감고 각종 서류에 서명을 한다. 이렇게 하지 않으면 낙오된다는 것을 안다. 주변에 아무도 남지 않을 것이란 걸 안다. 고독하게 늙어갈 수밖에 없다는 것을 안다. 언제나 배척을 당하면서. 언제나 통장 잔고를 걱정하면서. 친구도 사라져가는 것을 실감하면서. 영혼을 팔아서라도 우리를 먹여살려달라는 가족의 따가운 눈총을 받으면서.

이렇게 살아온 우리 시대의 어른, 우리들은 이제 아무도 지성인이 아니다. 대학에 있다고 해도, 대단한 학문을 하는 학자라 할지라도, 어떤 분야가 됐든 실은 모두 마찬가지다. 저서가 많고 논문이 많아도 마찬가지다. 모든 자본에 대하여 초연한 듯한 미소를 머금으며 새로운 세대 앞에서 자기계발에 대하여 강연하는 얼굴들도 지성인이 아니다. 우리는 지성인보다는 모리배에 가깝다. 대규모든 소규모든 뚜렷하든 느슨하든, 우리는 우리가 속한 준거집단에 손상을 주어서는 안 된다. 준거집단 안에서 잘잘못을 끄집어내어 바른말을 해서도 안 된다. 이런저런 사안들에 대한 비밀들을 누설해서도 안 된다. 내부고발자는 우리가 배워온 윤리관으로는 반윤리적이다. 그리하여 말을 아낀다. 신중한 침묵이 최선이 된다. 진실을 알고 싶어하는 목소리들이 추궁을 해와도 모르쇠로 일관한다. 상부 명령에 의하여 움직여야 한다. 명령의 도

덕성에 대해서는 숙고하지 않아야 한다. 내가 의리로 가담한 일들이 비리가 되어 폭로되더라도, 세월이 약임을 믿고 입을 다물어야 한다. 금세 망각될 것이고 금세 잠잠해질 것을 믿는 것이 곧 연륜임을 잊지 않아야 한다. 무엇보다, 그 어떤 과오에도 반성하지 않아야 한다. 사과하지 않아야 한다. 반성과 사과는 약자의 몫이고, 권위를 상실하는 일이라는 사실을 잊고 있어서는 안 된다.

우리가 돌연변이 어른으로 성장하는 동안에, 인간성을 상실하고 자존심과 영혼을 장롱 속에 넣어둔 시간 동안에, 수많은 재난들이 우리를 덮쳤고 그때마다 우리는 경악했다. 우리 시대의 재난들은 더 이상 천재지변이 아니다. 오랫동안 결속해온 모리배들에 의해 오랫동안 누적돼온 모략이다. 우리 시대의 재난은 생긴 일이 아니라 만든 일이다. 우리의 얇고 어리석은 손으로 직접 만든 일이다. 거대한 모략이 표면으로 그 무시무시함을 드러낸, 예정된 결말이다. 우리 시대의 어른들은 이 사실을 모를 리가 없다. 모두들 다 알고 있다. 이토록 험난하고 치열한 환경에 적응하기 위한 개체변이였노라 자부할 수밖에 없겠지만, 사실상 우리는 돌연변이다. 더 이상 인간성을 내장한 인간의 모습이 아니다. 자본과 인간의 결혼이 낳은 괴물이다. 한나 아렌트가 '악의 평범성'을 발견한 '예루살렘의 아이히만'과도 실은 더 이상 비슷하지 않다. 왜냐하면 우리는 우리가 무슨 짓을 하고 있는지, 왜 그래야만 하는지 다 알고 있기 때문이다. 알기 때문에, 누군간 더없이 교활해지고 누군간 더없이 굳건해지고 누군간 더없이 비참해져서, 모두가 침묵한다. 잠깐의 가면을 나눠 갖고 약간의 제스처만 공유하면서.

상

상을 차리면 대접이 되고, 상을 받으면 격려가 되고, 상을 당하면 사색이 된다. 하지만 상을 차려도 격려가 될 때가 있고, 상을 받아도 사색이 될 때가 있고, 상을 당해도 대접이 될 때가 있다.

샅

두 다리 사이를 뜻한다. 두 번 겹쳐 '샅샅이'로 쓰게 되면 '구석구석 꼼꼼하게'로 변용된다.

새

새는
맞아
치명상을 입어도
힘껏 난다
그리고
날면서
죽는다
죽어서
비로소 땅 위에 떨어진다

새는
달아나려고 계속 날고 있는 것일까
달아나려고 난다면
죽어서
비로소 달아날 수 있다
떨어지는 것은
단념했기 때문일까
그렇지는 않으리라

날면서 죽은 것이다

깊은 상처에 시달려

단념하고

떨어져

그러고도 죽은 것이 아니다

나는 자세 그대로

그의 삶은 직각으로 방향을 바꾼 것이다

다카하시 기쿠하루, 「새 1」 전문

색

빛이 없으면 색도 존재하지 않는다. 색은 사물 자체의 성질이 아니라 사물에 반사되는 빛의 파장이다. 가시광선만을 색으로 인식한다. 물체가 흡수한 색이 아니라 반사한 색을 인식한다. 그러니 색을 쓰는 여자는 없다. 색을 밝히는 남자의 시선에만 있다.

샘

상대에 대한 심보로 작용하는 샘은 배가 아파 늘 악담을 전파할 뿐이지만 상대에 대한 심보가 배제된 샘은 나은 내가 되는 자극으로 작용한다. 불순물만 없다면 인간이 내는 샘은 깊은 산속 옹달샘이 될 수가 있다. 토끼가 아니더라도 그 옹달샘으로 세수를 할 수가 있다.

생

인간의 한 생은 '생'일 수밖에 없다. 익지 않거나 익히지 않은, 엉뚱하고 공연한, 본디 그대로의, 지독하거나 혹독한 것일 수밖에 없는.

선

구태의연한 사람의 선의는 악의와 다름이 없을 때가 더러 있고, 애써 구태의연하지 않으려는 선의는 위선과 닮아 보일 때가 더러 있다. 가장 자연스러운 선의만이 오해 없이 누군가에게 가닿지만 쉽게 피부로 느껴지질 않아서, 오래오래 살아가며 전달할 수밖에 없다.

설

설늙은이가 왼갖 풍설로 잔소리를 늘어놓고 설마 했던 지난
가족사를 섣불리 발설하며 설익은 며느리는 등을 돌려 설거
지를 하는, 설레며 찾아온 고향이 설어서 설움이 설핏하기도
하는, 새해 첫 하루.

섬

눈 감고 네 발 전체를 섬이라고 상상해 봐 이를테면 열도 같은 거 사람들 사이에 섬이 있다는 말은 거짓이 되지 섬은 바로 네가 품고 있는 거니까 양말을 벗고 욕조 안으로 들어가 봐 물을 콸콸 틀어 놓고 슬그머니 발을 밀어 넣는 거야 섬에 비가 내리니? 폭포가 쏟아지니? 차가워서 흠칫 놀란 모양이구나 네 발이 파닥파닥 튀고 있잖니 걱정마네 섬에는 물고기들이 살고 있는 거니까 푸른 등을 가진 물고기들, 지금부터 일제히 솟구친다 알겠지?

그 섬에 가고 싶니? 군이 누굴 찾아갈 필요는 없어 섬은 바로 네가 품고 있는 거니까 이제 네 손을 다리라고 상상해 봐 가만히 다가가 발을 고옥 쥐는 거야 마른 손이 젖은 섬에 가는 길, 마른 네가 젖은 네게 가는 길, 열리고 있니? 내가 뭐랬니 푸른 이끼들이 힘줄을 타고 네 심장을 향해 달려오고 있잖아 너는 이렇게 푸르러, 푸르러, 푸르르다구! 준비됐다면 눈을 떠도 좋아 자, 이제 건너갈 수 있지?

오은, 「섬」 전문

셋

지쳐갈 때는 '핫둘핫둘' 하며 힘을 내고, 시작할 때는 '하나, 두울, 세엣' 하며 셋까지 셀 때를 기다린다.

소

일도 하고 젖도 주고 살과 뼈도 주고 꼬리와 발까지 주고 가
는 이에게 경을 왜 읽어주려 했을까.

속

남의 속은 긁고 자기 속은 달랜다. 속이 깊으면 신뢰를 얻고 속이 좋으면 핀잔을 듣는다. 속이 상하면 밤잠을 설치고 속이 편하면 단잠을 잔다. 속이 있으면 추궁을 듣고 속이 없으면 무시를 당한다. 속을 끓이면 화가 나고 속을 태우면 걱정이 쌓인다. 속이 드러나면 미움을 사고 속이 차면 사랑을 얻는다. 속을 트면 정이 쌓이고 속이 트이면 사람을 얻는다.

손

내 오른손에 만져지는 왼손
내 왼손이 느끼는 오른손에는
애인의 손맛에 취해서 청춘을 망친 자들이
요약되어 있다

악기
숨구멍
마음을 감싼 이 부대자루를 조여맨 자국
정들면 지옥이라는 말의 증언대
'안다'라는 말의 산 증인
오래도록 밟아서 만든 길
본래의 천성을 어지럽힌 장본인
그럼에도 불구한 내 천성의 실마리

말보다 솔직해서
말보다 미더워서
그리고 무엇보다
말이 한번도 받지 못한

이해라는 걸 받아보았으므로
더할 나위 없는 지복을 누렸던 손

마음의 바람기
마음의 육갑
마음의 단도직입
마음의 주인나리
만지는 쓰는 전화를 걸고 그의 발을 씻어주고
주먹을 쥐는 형제를 염하는
때리는 훔치는 속이는 묶는 뜯고 찢는
은밀함의 극치이며 드러남의 극치인
마음의 가장 비천한 식객
마음의 천형

손이 먼저 저지른 죄들로
인류는 날마다 체한 채 지구를 돌린다
종생토록 죗값을 치러도
손이 있는 한 반성하지 않으며

김소연, 「손」 전문

솜

법을 어긴 권력에 법이 휘두르는 방망이.

쇼

대부분의 정치인이 국민을 향해 행하고 있는 대부분의 행동.

수

내 폐쇄공포증을 그에게 설명해야만 할 것 같았다.

"수학의 기초가 뭔지 알아요?" 나는 물었다. "수학의 기초는 숫자예요. 누군가 내게 진정으로 행복을 느끼게 하는 게 뭐냐고 묻는다면 나는 숫자라고 말할 거예요. 눈과 얼음과 숫자. 왜인지 알아요?"

수리공은 호두까기 도구로 집게발을 깨서는 구부러진 집게로 살을 빼냈다.

"숫자 체계는 인간의 삶과 같기 때문이에요. 먼저 자연수부터 시작해요. 홀수 중에서 양의 정수들요. 작은 아이들의 숫자죠. 하지만 인간 의식은 확장해요. 어린이는 갈망의 감각을 발견하죠. 그럼 갈망에 대한 수학적 표현이 뭔지 아세요?"

수리공은 수프에다가 크림을 얹고 오렌지 주스 몇 방울을 떨어뜨렸다.

"음수예요. 뭔가 잃어버리고 있다는 감정의 공식화. 인간 의식은 더욱더 확장하고 아이들은 그 사이의 공간을 발견하죠. 돌 사이, 돌 위의 이끼 사이, 사람들 사이, 그리고 숫자 사이. 정수에 분수를 더하면 유리수가 돼요. 인간 의식은 거기서 멈추지 않죠. 이성을 넘어서고 싶어하죠. 인간 의식은 제곱근을 풀어내는 것 같은 기묘한 연산을 더하게 돼요. 그럼 무리수가 되는 거예요."

수리공은 프렌치 식빵을 오븐에 데우고 후추 빻는 기구를 채웠다.

"무리수는 광기의 형태예요. 무리수는 무한하기 때문이죠. 무리수를 다 적을 수는 없어요. 한계를 넘어선 지점까지 인간 의식을 밀어붙이죠. 유리수와 무리수를 더하면 실수가 되는 거예요."

나는 좀 더 공간을 확보하기 위해 방 한가운데로 걸어갔다. 동족 인간에게 나 자신을 설명할 기회를 갖는다는 건 드문 일이다. 보통 우리는 발언권을 얻기 위해서 싸워야 할 때도 있다. 그리고 이건 내게 중요한 일이었다.

"거기서 멈추지 않아요. 절대 멈추지 않죠. 왜냐하면 지금도, 바로 즉석에서 우리는 실수에 음수의 상상의 제곱근을 더해 확장하니까요. 이 허수는 우리가 그려볼 수도 없는 수, 보통 인간 의식이 이해할 수 없는 수예요. 그래서 이런 허수를 실수에 더할 때, 복소수 체계를 갖게 되는 거죠. 얼음이 결정을 형상화하는 과정을 만족스럽게 설명할 수 있는 첫 번째 숫자 체계예요. 이 체계는 광활하고 열린 풍경과 같아요. 시평선이죠. 우리는 그쪽을 향해 가지만 지평선은 끊임없이 물러서요. 거기가 그린란드예요. 내가 그 없이는 살 수 없는 거죠! 그래서 나는 갇히고 싶지 않은 거예요."

페터 회, 『스밀라의 눈에 대한 감각』 부분

술

많이 마시면 술고래, 매일 마시면 술꾼. 술기운은 술책. 술기운을 빌린 진심 가운데 돌이키지 않아도 되는 것은 진심 중의 진심이 되는 술법이 되고, 돌이키고 싶은 것은 술김에 그랬다고 술회하면 그만이다.

숨

다급하면 숨이 넘어가고 다급하게 만들면 숨이 막힌다.

숲

큰키나무 숲은 그 나무들을 교육한다

나무들에게 빛을 잊는 습관을 들이며, 강요한다
그들의 푸르름 모두를 나무 꼭대기로 보낼 것을
모든 가지로 숨 쉬는
능력을,
오로지 저렇듯 기쁨에서만 가지 치는
재능을,
줄일 것을

그 숲은 비를 체로 거른다,
상습적인 목마름을 예방하느라

큰키나무 숲은 나무들을 더욱 키 크게 한다
우듬지에 우듬지가 잇대어 :
이제 나무가 보는 것은 다른 나무뿐이다,
어느 나무나 바람에게 하는 말이 똑같다

리이너 쿤체,「큰키나무 숲은 그 나무들을 키운다」전문

쉬

이 말 한 마디로 어린아이는 어른들의 이목을 집중시킬 수
있다.

쉿

이 말 한 마디로 어른은 아이들의 이목을 집중시키려 한다.

시

1. 이미 아름다웠던 것은 더 이상 아름다움이 될 수 없고, 아름다움이 될 수 없는 것이 기어이 아름다움이 되게 하는 일.
2. 성긴 말로 건져지지 않는 진실과 말로 하면 바스라져버릴 비밀들을 문장으로 건사하는 일.
3. 언어를 배반하는 언어가 가장 아름다운 언어라는 사실을 입증하는 일.

신

나는 신이
아픈 날 태어났습니다.

내가 살아 있고, 내가 나쁘다는 걸
모두들 압니다. 그렇지만
그 시작이나 끝은 모르지요.
어쨌든, 나는 신이
아픈 날 태어났습니다.

세사르 바예호, 「같은 이야기」 부분

심

심장도 심지도 연필심도, 모두 몸통의 한가운데 있다.

싹

마음속에 낙담밖에 남아 있지 않을 때, 더 이상 손쓸 수 있는
것이 아무것도 없다고 생각했을 때, 화장솜을 꺼내고 상추씨
를 한 줌 뿌려본다. 그리고 물을 적셔둔다. 사흘이면 싹이 나
고, 나는 저절로 신이 난다. 낙담밖에 없던 사흘 전의 나를
간단하게 잊을 수 있다.

쓱

넌지시 행동하는 것을 뜻하지만 두 번 겹쳐 쓰면 손쉽게 해
내는 행동으로 변용된다.

씨

그 안에 무엇이 들어 있는지 쪼개어 알아내는 것이 아니라
심고 물을 주어 키워가며 알아내는 것.

ㄱ

ㄴ

ㄷ

ㄹ

ㅁ

ㅂ

ㅅ

의외의 곳   ㅇ

ㅈ

ㅊ

ㅋ

ㅌ

ㅍ

ㅎ

악

바야흐로 진화를 거듭하여 악은 가시적인 폭력을 휘두르지 않게 되었다. 특정한 집단과 특정한 인물에게, 특수한 상황과 특수한 입장에게 귀속되지 않은 지도 오래되었다. 악은 모두에게 알맞게 배분되어 있다. 모두가 나눠 가졌기 때문에 좀처럼 악이라고 느껴지지 않는다. 믿음직한 친구의 얼굴을 바라볼 때도 우리가 불신 한 줌과 불안감 한 줌을 손에 꼭 쥐고 있는 것은 친구의 얼굴이 어째서가 아니다. 선이 언젠간 악을 이긴다는 믿음을 점점 상실하고 있는 것도 내 얼굴 깊은 곳에 악의 그림자가 머물러 있기 때문이다. 우리는 늘 스스로의 악과 보이지 않는 싸움을 한다. 보이지 않는 손으로 자기 멱살을 잡는다. 멱살을 잡히는 나와 멱살을 잡는 나의 조용한 악다구니, 하루를 하는 것 없이 지낸 날에도 이유 없이 피곤이 몰려온다.

안

누군가의 안에 들어가려면 절차가 필요하다. 문 앞에서 노크를 한 뒤, 들어가도 되는지를 물어보고 허락을 받아야 한다.

알

새나 물고기나 벌레가 낳은 동그란 것을 뜻하는 말이지만, '알약' '포도알'처럼 둥근 외형을 가진 것에도, '알밤' '알몸'처럼 쭉정이를 뺀 알맹이를 뜻할 때도, '알부자' '알거지'처럼 진짜 중의 진짜를 뜻할 때도 쓰인다.

앎

('알'을 이어받아) 그러니까 '알다'라는 동사는 단지 인식의
상태를 뜻한다기보다는 모든 알의 상태가 되어 있는 존재의
상태를 뜻하는 것은 아닐까.

앞

우리가 살아 있는 세계는
우리가 살아가야 할 세계와 다를 테니
그때는 사랑이 많은 사람이 되어 만나자

이병률, 「이 넉넉한 쓸쓸함」 부분

애

쓰는 것도 키우는 것도 뜻대로는 되지 않는다. 오래 노력하
여 '정'이 붙으면 최상의 애정이 된다.

액

도무지 언제 닥칠지 모를 모질고 사나운 운수라서 미리 때
운다고 표현하기도 한다. 액땜한다는 것은 불행을 겪을 때
더 큰 불행은 설마 겪지 않겠지 싶은 우리들의 가녀린 믿음
이다.

야

틸틸한 사이에 오가는 호칭이면서 얕잡아 부르는 호칭이면서 험악한 사이에 오가는 호칭이기도 하다. 틸틸한 친근감이 얕잡거나 험악해지는 사이로 변질되는 것은 한순간이다.

약

아프지 않아도 먹는다. 낫기 위해 먹는 게 아니라 나아지기
위해 먹는다. 음식 대신 이걸 먹기도 한다. 운동 대신 이걸
먹기도 한다. 열심히 사는 사람들은 잠 대신 이걸 먹기도 한
다. 언젠간 물 대신 먹게 되는 날이 올 것이다. 행복 대신 먹
게 되는 날이 올 것이다.

양

양보다 질이 낮다는 말이 있지만 질보다 양이 우선일 때가 많다. 오랜 시간 쌓인 양이 질을 좋게 하기도 한다.

애

'야'라는 2인칭과 '애'라는 3인칭이 결합된 호칭.

어

짧고 높은 억양일 땐 이상해서 놀라고 있지만 괜찮다는 뜻, 짧게 뒤끝을 올릴 땐 이상해서 놀랐으니 방법을 요구한다는 뜻, 길게 표준 억양일 땐 운을 떼기 전에 주위를 끌려 한다는 뜻, 길고 말꼬리가 흐릴 때는 감탄한다는 뜻. 길게 천천히 억양이 올라갈 때는 무언가 깨달아가고 있다는 뜻.

억

만의 만 배. 우리가 상상하던 최고의 숫자. 그 이상은 이 세
상의 숫자가 아닌 것만 같을 정도의 최고의 숫자. 그러나 서
울의 기본 전셋값. 서울 중심가에서는 원룸 전셋값.

얼

얼이 모자라면 얼간이, 얼이 설렁설렁하면 얼치기, 얼이 물렁물렁하면 얼뜨기. 얼간이는 얼굴에 쓰여 있고, 얼치기는 얼굴에 철판을 깔며, 얼뜨기는 겁에 질린 얼굴을 한다. 얼간이는 일을 얼버무리고, 얼치기는 일을 얼렁뚱땅 하며, 얼뜨기는 일에 얼쩡얼쩡한다. 그리하여 얼간이는 일을 얼크러뜨리고, 얼치기는 결과에 얼토당토않게 굴고, 얼뜨기는 상황 파악은 못하지만 잘못됐다는 결과만 알아채므로 얼얼해진다.

업

사춘기에는 'clean up' 'shut up'으로 꾸지람을 얻는다. 청년
기에는 'dress up' 'give up'으로 갈등을 빚는다. 장년기에는
'show up' 'cheer up'으로 눈총을 받는다. 노년기에는 이 여
섯 가지를 지켜야만 겨우 사랑을 받는다.

여

여자들은 환영받지 못한 여동생으로 태어나 여고생이 되었다가 여대생이 되고, 여급에서 여사원에서 여사장이, 여가수나 여의사나 여교사나 여교수나 여류 화가나 여류 작가로 산다. 남자들이 환영받는 남동생으로 태어나 고교생이 되었다가 대학생이 되고, 사원에서 사장이, 가수나 의사나 교사나 교수나 화가나 작가로 사는 동안에.

연

가느다란 실로 이어져 있다. 더 멋지게 비행하기 위해 더 길게 길게 실을 뽑아낸다. 다른 연과 대항하여 끊어내기 위해서는 그 실에 사금파리를 묻힌다. 한번 끊어지면 멀리멀리 날아가버린다. 하지만 의외의 곳에 도착해 있을 수도 있다.

엿

'엿같다'라는 말과 '엿먹어'라는 말은 엿을 너무 쉽게 단정 짓는다. 호박엿 한 주먹을 얻으려면 호박 한 소쿠리를 삭히 고 고으며 저어야 한다.

영

천사는 육체 없이 이것만 있다지만 이것 없이 육체만 있는
사람을 두고 우리는 천사 같다고 한다.

옆

사람이 있어야 할 가장 좋은 자리. 사회적으로 높거나 낮거나의 문제가 아니라 인맥상에서 멀거나 가깝거나의 문제가 아니라 사람이 누군가에게.

예

예를 갖추기 위해선 무조건 '예'라고 대답해야 한다고 믿는
시대.

옛

옛말은 맛깔지고 옛이야기는 구수하고 옛스러움은 정겹고
옛집은 지혜롭고 옛사람은 그립지만, '옛날'이란 말 자체는
어딘지 지긋지긋한 면이 있다.

오

놀람을 뜻하지만 짧게 쓰면 탄식을, 길게 쓰면 가벼운 감탄을, 더 길게 쓰면 뜻밖의 감탄을 뜻한다.

옥

보석이자 감옥이자 집.

온

24시간 'on'이 되어 있어야 실시간으로 전송되는 연락과 정보를 수신할 수 있으며, 그래야 친절한 사람으로 취급된다.

옷

옷이 날개이던 시절이 지나 옷이 곧 사람인 시대를 산다. 취향이자 안목이자, 성격이자 기품이자, 직업이자 경제력의 잣대가 되었다. 알몸을 가려주거나 추위를 막거나 멋을 내기 위한 것이 아니라 체형을 가려주거나 업신여김을 막거나 가치관을 알리는 데 쓴다.

왕

'요리왕' '농구왕'처럼 어떤 분야에 대단한 능력을 가진 사람을 칭찬할 때는 뒤에 붙여 쓴다. '왕재수' '왕싸가지'처럼 앞에 붙여 쓸 때는 비아냥을 뜻한다. 단, '왕만두' '왕돈가스'처럼 크기가 큰 것을 나타낼 때는 제외하고.

왜

'왜 학교를 그만두었어요?'라는 질문에는 '왜 학교를 다니나
요?'라는 반문이 가장 현명하고, '왜 결혼을 안 했어요?'라
는 질문에는 '왜 결혼을 했어요?'라는 반문이 가장 현명하며,
'왜 아이를 안 낳았어요?'라는 질문에는 '왜 아이를 낳았어
요?'라는 반문이 가장 현명하다.

욕

인터넷 결제 중에 액티브엑스와 맞닥뜨릴 때 우리가 혼자 내뱉는 한마디 말.

용

학생들은 연습용으로 용을 쓰고, 사무원은 영업용으로 용을
쓰고, 정치인은 선전용으로 용을 쓴다. 화장실에서만 진심을
다해 용을 쓴다.

욱

삼킨 것들이 역류할 때 나는 소리. 욱하는 건 순간이지만 욱
해서 쏟아진 것들의 냄새는 쉽게 지워지지 않는다.

운

편파적이어서 배가 아프곤 하지만 이것은 거품이지 거름이
아니다. 지속성이 없다.

울

찬물에 조물조물 비벼 빨아야 한다. 세게 비틀지 않아야 한다. 뉘어서 말려야 한다. 그래도 바닥에 물이 울음처럼 뚝뚝 떨어진다.

월

한 달마다 받는 월급으로 월세를 내고 공과금을 내고 카드
빚을 갚을 수만 있다면, 그래서 남는 것이 없더라도 행복한
한 달.

위

모두가 오르고 싶은 그곳은 대개 위대하지 않고 위독하다.

유

한자어로 쓸 때는 '무'의 반대말이고 영어로 쓸 때는 '아이'
의 반대말이다.

육

영혼 없는 육체는 고깃덩어리.

윤

머릿결이든 열매든 가구든 질 좋은 것들에게서 난다. 없는
것을 나게 하려면 오래 만져주면 된다.

윷

팔십 대 노인과 여덟 살 꼬마가 함께할 수 있는 유일한 놀이
도구. 양쪽 모두 일부러 져주지 않기 때문에 팽팽한 게임.

을

갑은 누군가에겐 을이다. 그래서 갑은 언제나 복수를 하듯 다른 을을 함부로 대한다.

응

짧게 응답할 때는 긍정의 뜻이, 길게 늘이다 억양을 올리며 응답할 때는 의문의 뜻이, 두 번 연속해서 응답할 때에는 맞장구의 의미가, 힘주어 씩씩하게 대답할 때는 흔쾌하다는 환호의 뜻이 담겨 있다.

의

이것을 지킨다는 것은 끼리끼리의 끈을 지킨다는 것에 불과
하다.

이

휘청휘청 흔들리면서도 저절로는 뽑히지 않았다. 실로 동여
매고 겁에 질리고 믿는 사람 앞에 입을 벌리고 울음을 터뜨
린 뒤에야 새 이를 가질 수 있었다. 아무도 믿지 못할 때는
입안에서 오래오래 혀의 놀림을 받아야 했다.

일

일요일만 기다리다 일생을 보낼지라도
일요일이 기다려지는 한결같은 마음

일요일이 토요일 다음이어서 참 다행이야. 토요일에 너와 함께 보낸 시간들을 일요일에 혼자 앉은 책상 앞에서 꺼내 다시 음미할 수 있으니 참 다행이야. 햇빛이 내 옆에 있고 구름의 움직임이 보이니 다행이야. 어떤 토요일이 서글펐다 해도 일요일에 다시 꺼낸 서글픔은 햇빛을 닮아 반짝거리고 투명해지니 다행이야. 헌 이불을 빨고 새 이불을 꺼내는 일요일 늦은 오후, 계획한 대로 묵은 빨래를 하고 장을 보고 돌아와 냉장고를 채우고 책상을 정돈할 수 있지. 계획하지 않은 일들로 부산해지는 일요일도 좋지. 반가운 손님이 갑작스레 찾아와도 좋을 테지. 일요일의 다음 날이 월요일이어서 참 다행이야. 바쁜 월요일을 위해서 더 바쁜 화요일을 위해서, 바빠서 우울해질 수요일을 위해서 여름날의 넓은 그늘 같은 독서를 해두는 일요일, 음악을 실컷 들어두는 일요일. 일요일을 어떻게 보냈는지를 너에게 즐겁게 얘기할 수 있는 월요일이 다음 날에 있는 일요일.

입

인간의 가장 간악한 신체.

잎

식물을 구분할 때 꽃을 보고 구분하는 것보다 잎을 보고 구분하는 것이 더 정확하다. 사람을 구분할 때 얼굴을 보고 구분하는 것보다 손을 보고 구분하는 것이 더 정확하다.

ㄱ

ㄴ

ㄷ

ㄹ

ㅁ

ㅂ

ㅅ

ㅇ

잘가 ㅈ

ㅊ

ㅋ

ㅌ

ㅍ

ㅎ

자

1789년 프랑스혁명 이후, 파리과학아카데미에서 지구자오선 길이를 4000만 분의 1로 나눈 길이를 1미터로 사용하자고 제안했다.

잔

더위를 피해 옥상에 올랐을 때 우리는 그 밤의 피해자처럼 굴었지 구석에 숨어 울음을 흉내 내던 사람은 분명 너였고 낄낄대며 웃었던 것은 나였고 그제야 가을이 찾아왔는데, 생각해보면 가을이 찾아온 것이 아니라 우리가 가을을 찾아간 것이었지만 노랗고 빨갛게 번진 우리는 버릇처럼 말했다 이 잔만 비우고 일어나자 그 잔 속에 가득 찬 것이 기름 같은 우리의 수치여도

유희경, 「그해 여름」 전문

잠

(여러 번 흔들어도 깨지 않는 잠, 나는 잠이었다
자면서 고통과 불행의 정당성을 밝혀냈고 반복법과
기다림의 이데올로기를 완성했다 나는 놀고 먹지 않았다
끊임없이 왜 사는지 물었고 끊임없이 희망을 접어 날렸
다)

이성복, 「어째서 이런 일이 벌어졌을까」 부분

재

얼마나 덩치가 크든 얼마나 무겁든 얼마나 대단하든 얼마나
소중하든, 그 무엇이든 다 타고 나면 한 줌.

적

적을 만들지 말라고 하지만 적은 만들어져 있는 것이다. 적을 이해하면 이길 수 있다고 하지만 이해할 수 있으면 적이 아니다. 적을 용서하라고 했지만 용서는 이해 이후에나 겨우 가능하다.

절

한 번은 안부, 두 번은 죽은 사람에게, 세 번은 신에게.

점

한국 시인들은 시에 유독 마침표를 사용하지 않는다. 종지부를 찍고 싶지 않아서일까.

정

위로도 응원도 이모티콘으로 대신한다. 악수도 포옹도 이모
티콘으로 대신한다. 목소리 없이, 어색해지는 뒷모습 없이,
'잘 가' 하며 인사한다. 테이블을 사이에 두고 마주하는 앉음
새와 호흡과 눈빛과 표정 없이 교감을 나눈다. 정을 나눈다.
듬뿍. 실컷. 나눈 정을 가만히 떠올려볼 때 기억할 만한 목소
리도 뒷모습도 눈빛과 표정도 부재한다. 허구의 영역이 되어
버린 우리들의 정. 그래도 이만큼 깊어졌다고 느껴지는 우리
들의 정.

종

자전거를 타고 가다가 내가 있다는 걸 알릴 때. 프런트에서 누군가를 부를 때. '종 쳤다'는 '끝장났다'를 뜻할 때 비유적으로 쓰지만, 수업이 끝나고 교실에서 들리는 "종 쳤다!"에는 해방됐다는 기쁨이 담겨 있다.

죄

죄인은 아니지만 우리는 죄악에 가담하는 중이다. 한 사회의 악순환에 대하여 말만 하고 있기 때문이다. 말을 함으로써 무감하지 않으며 묵인하지 않는다는 것을 증명하려 할 뿐, 아무 행동도 하지 않는다. 말로써 우리를 죄악과 구별 지어 스스로가 안전하다는 자기 위안을 얻는 동시에, 죄악을 더 당당하게 더 안전하게 만드는 데 공조한다.

죽

하던 일에 죽을 쑤면 죽상이 되고 죽을 듯이 아프면 죽을 먹고.

줄

줄을 잘 서는 게 중요하다고들 말한다. 줄을 잘못 섰다는 회한의 말은 들어본 적이 많지만 줄을 잘 섰다는 말은 들어본 적이 없다. 실패했을 때만 이유로 남고 성공했을 땐 이유에서 지워져 있다.

중

어떤 슬픔도 없는 중이다. 슬픔이 많아서 없는 중이다. 없는 중에도 슬퍼하는 중이다. 슬퍼하는 중을 외면하는 중이다. 다 어디로 가는 중인가. 다 어디서 오는 중인가. 아무도 가로막지 않는 중이다. 아무도 가로막을 수 없는 중이고 오고 있다. 슬픈 중에도 슬픈 중과 함께 더 슬픈 중이 돌아가고 있다. 돌려주고 싶은 중이다. 되돌리고 싶은 중이고 중은 간다. 슬픈 중에도 고개 한 번 끄덕이고 고개 한 번 돌려보고 가는 중이다. 오지 말라는 중이다. 가지 말라고도 못 한 중이다. 너는 가는 중이다. 없는 중이다.

김언, 「중」 전문

쥐

　죽은 쥐의 꼬리를 들고 빙빙 돌리다가 벽을 향해 내던지
는, 천사들의 이름만 같은 아이들의 순진무구함처럼 어제
의 대기와 어제 흘린 피는 악의 없이 망각된다.

　　김안, 「국가의 탄생」 부분

즙

생명이 아닌 것엔 즙이 없다.

집

　모두들 집에서 떠났다는 것은 실은 모두들 그 집에 있다는 것. 그렇다고 그들의 추억이 그 집에 남은 게 아니라, 그들 자신이 그 집에 있는 것이다. 그러나, 그들이 실제로 그 집에서 산다는 말은 아니지. 집으로 인해 사람들이 영속할 수 있다는 것일 뿐. 집에서 각자 맡았던 일, 일어났던 일 같은 것은 기차나 비행기, 말 같은 것을 타고 떠나거나, 걸어가버리거나, 기어서라도 떠나버리면 없어지지만, 매일 매일 반복해서 일어나던 행동의 주인이었던 몸의 기관은 그 집에 계속 남는 법. 발자취도 가버렸고, 입맞춤도, 용서도, 잘못도 없어졌다. 집에 남아 있는 건, 발·입술·눈·심장 같은 것. 부정과 긍정, 선과 악은 흩어져버렸다. 단, 그 행동의 주인만이 집에 남았을 뿐.

　세사르 바예호, 「"이 집에는 아무도 살지 않아요…"」 부분

징

울림이 오래가기 때문에 한 장단에 한 번 쳐야 한다. 그러니까 제발 좀 징징대지 마.

짝

짝이 있는 물건은 짝이 사라지면 짝짝이가 되어버린다. 양말, 신발, 장갑. 그러나 짝이 있는 신체는 자세히 보면 모두 다 짝짝이다. 눈, 귀, 손.

ㄱ

ㄴ

ㄷ

ㄹ

ㅁ

ㅂ

ㅅ

ㅇ

ㅈ

나의 창문들   ㅊ

ㅋ

ㅌ

ㅍ

ㅎ

차

마실 때보다 우릴 때 더 그윽하다.

찬

계급을 은연중에 드러낸다. 귀한 것은 아버지 입으로, 그다음 아들 입으로, 그다음 사위 입으로. 흔한 것은 딸 입으로. 먹다 남은 것은 어머니 입으로.

참

참은 분열적이며, 부분적이며, 논리정연하지 않은 논리에 의해서만 겨우 증명된다. 참이 거짓보다 더 믿기지 않는 맥락을 지녔다.

창

맨 처음 그 방엔 창문이 없었다. 여닫이 현관문을 열고 신발
을 벗은 뒤 쪽마루를 디디고 올라서면 양쪽에 방이 있었고,
정면에 삼남매의 방이 있었다. 나무틀에 창호지가 팽팽하게
발라진 여닫이문 네 짝이 창문을 대신했다. 그 방에서 처음
초등학교에 입학했다. 창호지는 하얬고 삼남매에겐 도화지처
럼만 보였다. 낙서를 했다. 낙서를 하면 혼이 났지만 낙서를
자꾸 했다. 베개싸움을 하다 창호지를 자주 찢었다. 문을 닫
아두면 쪽마루를 건너가는 엄마의 실루엣이 비쳤고, 그때마
다 후다닥 책상에 앉아 숙제를 하는 척했다. 정말로 숙제를
할 때는 문을 활짝 열어두고 보란 듯이 책상에 앉아 있었다.
　여동생과 둘이 쓰던 그 다락방은 창문을 열면 온통 논밭
이 보였다. 멀리 미루나무 한 그루와 낮은 지붕의 도살장이
보였다. 지평선의 끝에서는 기차가 지나갔다. 승객의 얼굴이
보일 리 없는 먼 거리였지만, 그 승객이 다락방 창문을 내다
보는 나를 발견할 리도 없는 먼 거리였지만, 나는 기차가 지
나갈 때마다 손을 흔들었다. 은색 알루미늄 틀에 불투명 유

리로 만들어진 신식 창문에 기대어 앉아 항상 먼 곳을 생각했다. 기차가 달려가 도착할 낯선 도시를 상상했고, 지평선 너머의 세상에 대해서도 상상했다. 창가에 앉아서 턱을 괴고 다른 세상을 상상했다.

세 번째 나의 방은 창문을 열면 마당이 보였다. 반지하 그 방에서 나의 창문은 높은 곳에 있었지만 지나가는 이의 신발이 보였다. 발소리가 크게 들렸다. 그 방에선 그 방을 벗어날 일에 골몰했다. 방범창은 외부로부터 내가 보호받는다기보다 내가 외부로부터 더 차단되게 만드는 것만 같았다. 그 창문 이후로도 줄곧 나의 창문은 별 볼 일이 없었다. 창은 있었어도 창 바깥은 아무것도 없었다. 창문은 잘 열리고 잘 닫히고, 방충망에 구멍이 없으면 그걸로 충분했다.

며칠 전엔 제주도 인근 작은 섬에서 하룻밤을 잤다. 새벽 다섯 시가 조금 넘은 시간에 민박집 할머니는 내 창문을 힘껏 두드렸다. 벌떡 일어나 창문을 열었다. 할머니는 뒷짐을 지고 등을 보이고 서 계셨다. 붉은 해가 마악 떠오르기 시작했다. 일출이 장관이라서 혼자 보기 아까우셨던 듯싶었다. 할머니의 뒷모습에서 집에 대한 자랑스러움이 마구 뿜어져 나왔다. 이 집에서 태어나 70년을 살았다 하셨는데, 매일매일 이 일출을 지켜보았을까. 내게는 일출보다 창문 하나로부터 가장 큰 자부심을 뿜내는 그 뒷모습이 더 장관이었다.

창문을 열면 방범창이 시야를 가로막는 대신 빨갛게 익은 감이 손에 잡힐 듯한 이층집에도 살아보았다. 창문을 열면 철새들이 브이 자를 그리며 하늘을 가로지르는 것이 보이는 옥탑방에도 살아보았다. 지금은 19층에서 완벽한 창문을 소유하며 산다. 저녁 무렵마다 건너편 건물이 옥수수처럼 보이기 시작한다. 불이 켜진 창문 하나가 옥수수 한 알처럼 보이기 시작한다. 옥수수 한 알 속에 담긴 낯선 사람이 자신의 방에 들어가 불을 켜는 순간에 대해 생각한다. 창문을 열고 바람을 쐬는 표정에 대해 생각한다. 창문이 완벽해서, 바깥의 소음과 날씨를 완벽하게 막아준다. 너무도 완벽해서 비가 와도 비가 오는 줄 모르고 지낼 때도 있다. 빗소리가 삭제된 완벽한 창문. 덕분에 완벽함에 대하여 다시 생각하게 되었다.

'어떤 집에 사나요?' 하고 묻는 일은 '어떤 창문을 갖고 있나요?'라는 질문일 것이다. 또한, '당신에게 보이고 들리는 것들은 무엇인가요?'라는 질문일 것이다. 결국, '당신은 어떤 생각을 갖고 사나요?'라는 질문인 셈이다. 적어도 내 경우는 그랬다.

채

채 잡는 것만 보아도 실력을 알아챌 수 있고 채 써는 것만 보
아도 솜씨를 알아챌 수 있다.

책

국립중앙도서관이 남산에 있던 시절, 주말이면 친구들과 함께 가던 아지트였다. 공부를 하는 척도 했고 독서를 하는 척도 했지만, 친구들과 함께 있을 수 있는 참 좋은 장소였다. 공부하는 걸 좋아하든 좋아하지 않든, 도서관을 좋아했다. 용돈이 넉넉하든 넉넉하지 못하든, 도서관에 있으면 상관이 없어진다는 점도 좋았다. 도서관에서는 평화롭지 않은 적이 없었다. 책이 있기 때문만은 아니다. 그 많은 지식들을 누구든 공평하게 차지할 수 있는 공공성이 보장되어 있는, 가장 아름다운 장소이기 때문이다.

서점에서 서가를 둘러볼 때, 자기 자신의 욕구에 대하여 나는 더 관용적이게 된다. 어떤 책을 들었다 놓았다 하며 구매 욕구를 저울질하는 순간, 그리고 한 권 책을 선택하는 순간은 다른 소비의 순간과 확연히 다르다. 무언가를 소유하겠다는 욕구라기보다 무언가를 목격하겠다는 자세에 가깝기 때문이다.

누구나 자신의 문제들을 잔뜩 짊어지고 살아가지만 자신이 짊어진 무게보다는 누구나 조금 더 어리석다. 책을 읽는 순간에는 그 어리석음을 덜어내기 위해서 배우려는 겸손함이 있다. 물론 아름다움을 목격하고자 하는 욕구도 있다. 인간의 사유와 인간의 말이 얼마나 정교하고 아름다운지 책을 통해 목격하는 행위는 우리가 인간이라는 것에 대해 기쁨을 느낄 수 있는 가장 쉬운 방법이다.

처

안사람. 남편은 바깥사람이라고 표현하지 않고 바깥양반이
라고 높여 표현했다.

척

그러는 척을 반복해서 하다 보면 서슴없이 척척 잘할 수 있
게 된다.

철

경직된 사고로 타자를 억압하는 상태가 아니라 의외의 사실
들에 대한 분별력이 열려 있고 언행에 책임을 질 수 있게 된
상태.

첫

첫사랑은 두 번 다시 겪을 수 없다. 첫째도 복수형이 될 수 없다. 첫인상도 첫만남도, 첫 삽도 첫 단추도 첫머리도 두 번은 없다. 하지만 첫눈은 무한히 반복된다. 해마다 기다리고 해마다 맞이한다.

초

초를 치면 실망하게 되고 초를 다투면 긴박해진다. 초를 잡으면 절반은 한 것이다.

추

일상 속의 우리는 소름 끼치는 광경들로 둘러싸여 있다. 우리는 굶주려서 배만 통통 부은 채 해골처럼 말라서 죽어가는 아이들의 사진을 본다. 여성들이 침략군 병사들에게 강간당하는 나라들을 보고, 사람들이 고문을 당하는 나라들을 보고, 그다지 멀지 않은 과거에 찍은, 가스실에서의 최후를 기다리는 또 다른 살아 있는 해골들의 사진들을 또 그만큼 계속해서 접하곤 한다. 우리는 고층 건물 폭발이나 항공기 폭발 사고로 갈가리 찢긴 주검들을 보고, 내일이면 혹시 우리 차례가 될지 모를 테러 속에서 살아간다. 우리 모두는 그런 것들이 도덕적으로뿐 아니라 물리적 감각으로도 '추하다'는 것을 너무도 잘 알고 있으며, 그 이유가 그런 것들이 우리에게 불쾌감, 두려움, 혐오감을 일으키기 때문이라는 것도 알고 있다. 이는 그런 것들이 한편으로 우리의 연민, 분노, 저항과 연대의 본능을 일으킬 수도 있다는 사실과는 별개이다. 설사 삶이란 어느 얼간이가 떠벌이는 것처럼, 소음과 광포함으로 가득한 이야기와 다를 바 없다고 믿는 자들의 숙명론적 태도로 현실을 받아들인다고 해도 말이다. 미적 가치의 상대성에 대한 어떤 지식도,

그런 경우에는 우리가 주저 없이 추를 인정한다는 사실, 그리고 그것을 쾌락의 대상으로 전환시킬 수 없다는 사실을 무시하지 못한다. 따라서 우리는 다양한 세기의 예술들이 왜 집요하게 추를 묘사했는지 그 이유를 이해할 수 있다. 예술의 목소리는 주변적일지 몰라도, 일부 형이상학자들의 낙관주의에도 불구하고 이 세계에는 냉엄하고 슬프게도 악한 어떤 것이 있음을, 그 목소리는 우리에게 상기시키려고 했던 것이다.

움베르토 에코, 『추의 역사』 부분

춤

음악에 맞추는 춤은 멋이 나고, 음악에 맞추지 않는 춤은 웃음이 나고, 음악도 없이 추는 춤은 어쩐지 눈물이 난다. 여럿이 추는 춤은 신명이 에워싸고, 둘이서 추는 춤은 사랑이 에워싸고, 혼자서 추는 춤은 우주가 에워싼다.

치

얼마나 순직해야 저렇게
음이 틀릴까
말려올린 입술은 입맞춤한 적이 없나
노래를 못하는 그대가
나는 좋다

비가 내릴 때
누군가의 잔치
독한 술을 마실 때

그러면 그대는 참으로 열심히
노래한다
꼭 혼자만 아는 노래
발장단이 어렵지
토끼풀만 먹고 사는 것 같다
어쩌면 그렇게
머뭇거릴까
눈감고 깊은 입맞춤은

내가 해드리리

엄승화, 「음치」 전문

침

매일 삼키고 살면서도 뱉어지면 더러워 보인다.

ㄱ

ㄴ

ㄷ

ㄹ

ㅁ

ㅂ

ㅅ

ㅇ

ㅈ

ㅊ

코가 시큰하다는 것   ㅋ

ㅌ

ㅍ

ㅎ

캔

전쟁을 하기 위해 먼 곳까지 가야 하는 군인들의 식량 문제
때문에 발명되었다고 한다.

코

코 먹은 소리에선 교태를 읽고 코 묻은 돈에서는 정성을 읽는다. 코가 빠진다는 것은 낙심을, 코가 납작하다는 것은 좌절을, 코가 시큰하다는 것은 감동을 뜻한다.

콩

작은 것을 비유할 때 쓰인다.

쿵

좋아서 심장이 반응하는 것. 두 번 겹쳐 쓰면 당황해서 심장
이 반응하는 것.

키

앞장을 서려면 키를 잡아야 하고 해결을 하려면 키를 쥐어야
한다. 곡식을 솎으려면 키를 까불어야 하고, 연주를 하려면
키를 눌러야 하고, 글을 쓰려면 키를 두드려야 한다. 높이를
알려면 키를 재야 하고 경쟁을 하려면 키를 다퉈야 한다.

ㄱ
ㄴ
ㄷ
ㄹ
ㅁ
ㅂ
ㅅ
ㅇ
ㅈ
ㅊ
ㅋ

밀 때가 아니라 당길 때

ㅌ
ㅍ
ㅎ

탁

아이디어는 무릎을 탁 치게 해야 제맛이고 맥주는 탁 쏘아야
제맛이다. 술자리는 긴장이 탁 풀려야 제맛이고 경치는 탁
트여야 제맛이다.

탈

탈을 벗으면 탈이 나고 탈을 쓰면 누군가 탈을 잡는다. 그러니 탈을 쓰고 탈진하느냐 탈을 벗고 탈피하느냐, 그것이 문제로다.

탐

탐을 내다 탐닉하게 되고, 탐닉하다 탐구하게 되고, 탐구하
다 탐험하게 된다.

탕

동물의 살점을 오래 달여 뜨끈하게 먹는 국을 뜻하기도 하지만 사람이 뜨끈한 물에 몸을 푹 담그기 위해 들어가는 곳을 뜻하기도 한다.

터

건물을 짓기 위해서는 터를 닦고 일가를 이루기 위해서는 터
를 잡는다.

털

우리는 겨울의 매서운 바람이 털끝 하나 건드리지 못하게 하려는 듯 다른 짐승들의 온갖 털로 중무장한 채 겨울을 난다.

테

테를 치면 강조가 되고 테를 두르면 보호가 된다.

토

남의 말에 토를 달면 건방져 보이고 자기가 한 말에 토를 달면 비겁해 보인다.

톤

톤이 높으면 가벼워 보이고 톤이 낮으면 진지해 보인다. 톤의 높낮이가 한결같으면 지루해지고 톤의 높낮이가 변화무쌍하면 드라마틱해진다.

톱

밀 때가 아니라 당길 때 힘을 써야 한다.

통

내 가족이 통이 큰 건 불안하지만 내 친구가 통이 큰 건 든든
하다.

퉤

입속에 있던 것을 '퉤' 하고 뱉는 것은 거절을 빈정거림을 나
타내는 것이라면, 빈 입으로 '퉤퉤' 하고 두 번 뱉는 것은 두
번 다시 겪지 않겠다는 투지를 함께 나타내는 것이다.

틀

이것에 딱 맞으면 재미가 없고, 이것에 갇히면 부자유스럽고, 이것에 맞추면 성의가 없고, 이것에 박히면 구태의연해진다. 이것을 지키고 싶어하는 것은 기득권의 욕망이고, 이것을 깨고 싶어하는 것은 피기득권의 소망이다.

틈

생각날 틈 없이 핸드폰으로 메시지를 주고받는 연인. 생각할
틈 없이 핸드폰을 열람하는 사람들. 모든 틈은 핸드폰이 점
령했다.

티

가난함은 티가 나고 부유함은 티를 낸다.

팀

뜻을 같이하는 게 아니라 배격을 같이하기 위하여 무리를 지을 때 가장 팀워크가 좋다. 같이하고 싶어서가 아니라 배격되기 싫어서 무리에 가담할 수밖에 없다.

ㄱ

ㄴ

ㄷ

ㄹ

ㅁ

ㅂ

ㅅ

ㅇ

ㅈ

ㅊ

ㅋ

ㅌ

팔을 벌리면   ㅍ

ㅎ

판

판에 박히기 시작하면 권태로워지지만 판을 짜기 시작하면 의욕이 생긴다.

팔

팔을 벌리면 환영을 하는 것이 되고 팔을 걷으면 나서는 것이 된다. 중요한 사람이 되었을 때는 오른팔이 되었다고 말하고 중요한 사람을 잃었을 때는 한 팔을 잃었다고 말한다.

펜

펜이 칼보다 강할 수는 없지만 펜이 칼이 될 수는 있다. 펜을
가장한 칼이 도처에 가득하다.

편

아이들은 함께 놀기 위해 편을 나누고 어른들은 함께 어울리지 않기 위해 편을 가른다.

폐

폐가 될까 걱정하는 것이 사람다움이다. 폐가 폐라는 걸 모른다는 것이 가장 큰 폐가 된다.

폼

폼을 잡는 사람한테서는 폼이 안 나고 폼이 나는 사람은 폼을 안 잡는다.

표

표를 끊으면 이용할 수 있고 표를 찍으면 지지할 수 있다. 표
는 내지 않기 위해 노력을 하지만 노력을 하기 위해서 표를
해두기도 한다.

풀

풀을 쑤면 붙일 수가 있고 풀을 먹이면 빳빳할 수가 있다. 의욕을 잃으면 풀이 없어지고 의욕을 빼앗기면 풀이 죽는다.

품

품을 들이면 들인 만큼 결실을 거둘 수 있고 품이 넓으면 넓은 만큼 사람을 거둘 수 있다.

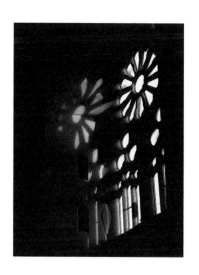

풋

풋내음, 풋사과, 풋사랑…… 덜 익었기 때문에 떫지만 찬란하다. 서투름도 창작의 찬란한 기술이 될 수 있다.

피

몸속을 돌아다니며 동물을 살아 있게 한다. 몸 밖으로 나오면 위험해진다. 피로 쓴 작품은 그래서 위험할 수밖에 없다.

ㄱ
ㄴ
ㄷ
ㄹ
ㅁ
ㅂ
ㅅ
ㅇ
ㅈ
ㅊ
ㅋ
ㅌ
ㅍ
회복할 수 있으므로　ㅎ

해

해가 365번을 뜨고 나면 해가 바뀐다.

허

남의 허는 노리고 나의 허는 찔린다.

헉

놀랐을 때 쓰던 감탄사였다. 놀랄 일을 너무 자주 겪게 되면서부터 잘 쓰지 않게 됐다. 어이가 없음을 표하는 '헐'이 쓰이고 있다.

혀

술에 취할 때는 혀가 꼬부라지고 함부로 말할 때는 혀를 놀린다. 감탄을 할 때는 혀를 내두르고 실망을 할 때는 혀를 찬다.

형

형은 분명 선량한 사람이 됐을 거야.
나만큼 아버지를 미워하지 않았을 테고
나보다 어머니를 잘 위로해줬을 거야.
당연히 식구들 중에 맨 마지막으로 잠들었겠지.
문들을 다 닫고.
불들을 다 끄고.

형한테는 뭐든 다 고백했을 거야.
뭐가 뭔지 모르겠다고.
사는 게 너무나 무섭다고.
죽고 싶다고.
사실 형이 우리 중에 제일 슬펐을 텐데.

그래도 형은 시인은 안 됐을 거야.
두 번째로 슬픈 사람이
첫 번째로 슬픈 사람을 생각하며 쓰는 게 시니까 말야.

심보선, 「형」 부분

혼

충격을 받으면 혼이 나가고 사랑에 빠지면 혼을 뺏긴다. 억울하게 죽으면 혼이 떠돌고 뚜렷한 입장을 끝까지 관철하면 혼이 담긴다.

화

화를 입어 화가 날 수밖에 없게 되는 걸까, 화가 나서 화를
부르게 된 걸까.

왜

이제 닭이 홰를 치면서 맵짠 울음을 뽑아 밤을 쫓고 어둠을 줏내몰아 동켠으로 휘—ㄴ히 새벽이란 새로운 손님을 불러온다 하자. 하나 경망스럽게 그리 반가워할 것은 없다. 보아라 가령 새벽이 왔다 하더래도 이 마을은 그대로 암담하고 나도 그대로 암담하고 하여서 너나 나나 이 가랑지길에서 주저 주저 아니치 못할 존재들이 아니냐.

윤동주, 「별똥 떨어진 데」 부분

회

회를 거듭하면 나아지게 되고 회를 조직하면 목적을 위해 나아가게 된다.

획

획을 그리면 글씨를 쓰게 되지만 획을 그으면 변화를 일으키
게 된다.

흉

다치면 흉이 생기고 다치게 하고 싶으면 흉을 본다.

흙

모든 생명을 이롭게 한다. 눈에만 들어가지 않는다면.

흠

흠이 없으면 흠을 잡힌다.

힘

힘을 쓰면 도울 수 있고, 힘을 주면 강조할 수 있다. 힘을 쏟
으면 정성을 들일 수 있고, 힘을 얻으면 용기를 낼 수 있다.
힘에 겨우면 좌절하게 되고, 힘에 부치면 감당할 수 없게 된
다. 힘을 내면 회복할 수 있고, 힘이 들면 무너질 수 있다. 힘
이 세면 상황을 움직일 수 있고, 힘을 기울이면 상황을 바꿀
수 있다.

힝

서운하거나 속상하거나 쑥스러운 순간에, 어리광을 보태어
표현.

이 책에 인용된 작품들

강 김소연, 「강과 나」 『수학자의 아침』, 문학과지성사, 2013, 96~97쪽

끝 비스와바 쉼보르스카, 「끝과 시작」 『끝과 시작』 최성은 옮김, 문학과지성사, 2007, 325~327쪽

딸 김소연, 「십일월의 여자들」 『빛들의 피곤이 밤을 끌어당긴다』, 민음사, 2006, 42~43쪽

맛 하성란, 「여름의 맛」 『여름의 맛』, 문학과지성사, 2013, 63~64쪽

먼 진은영, 「그 머나먼」 『훔쳐가는 노래』, 창비, 2012, 36~37쪽.

밥 김소연, 「목련나무가 있던 골목」 『빛들의 피곤이 밤을 끌어당긴다』, 민음사, 2006, 38~39쪽

새 다카하시 기쿠하루, 「새 1」 『언제나 얼마간의 불행』 김광림 옮김, 문학수첩, 2005, 39~40쪽

섬 오은, 「섬」 『호텔 타셀의 돼지들』, 민음사, 2009, 115쪽

손 김소연, 「손」 『극에 달하다』, 문학과지성사, 1996, 60~61쪽

수 페터 회, 『스밀라의 눈에 대한 감각』 박현주 옮김, 마음산책, 2005, 157~158쪽

숲 라이너 쿤체, 「큰키나무 숲은 그 나무들을 키운다」 『시』 전영애 옮김, 열음사, 2005, 92쪽

신 세사르 바예호, 「같은 이야기」 『희망에 대해 말씀드리지요』 고혜선 옮김, 문학과지성사, 1998, 80쪽

앞 이병률, 「이 넉넉한 쓸쓸함」 『바다는 잘 있습니다』, 문학과지성사, 2017, 104쪽

잔 유희경, 「그해 여름」 『당신의 자리―나무로 자라는 방법』, 아침달, 2017, 59쪽

잠 이성복, 「어째서 이런 일이 벌어졌을까」 『뒹구는 돌은 언제 잠 깨는가』, 문학과지성사, 1980, 85~86쪽

중　김언, 「중」『한 문장』, 문학과지성사, 2018, 16쪽

쥐　김안, 「국가의 탄생」『미제레레』, 문예중앙, 2014, 97쪽

집　세사르 바예호, 「"이 집에는 아무도 살지 않아요…"」『희망에 대해 말씀드리지요』 고혜선 옮김, 문학과지성사, 1998, 228~230쪽

추　움베르트 에코, 『추의 역사』 오숙은 옮김, 열린책들, 2008, 431~436쪽

치　엄승화, 「음치」『온다는 사람』, 청하, 1987, 90쪽

형　심보선, 「형」『오늘은 잘 모르겠어』, 문학과지성사, 2017, 69~70쪽

홰　윤동주, 「별똥 떨어진 데」『하늘과 바람과 별과 詩』, 정음사, 1948, 210~211쪽